diamantes

Julia James

Bianca®

HARLEQUIN®

Editado por HARLEQUIN IBÉRICA, S.A.
Hermosilla, 21
28001 Madrid

CADENAS DE DIAMANTES, Nº 1731 - 7.2.07
Título original: Shackled by Diamonds
Publicada originalmente por Mills & Boon®, Ltd., Londres.

I.S.B.N.: 978-84-671-4581-6
Depósito legal: B-53198-2006
Editor responsable: Luis Pugni
Composición: M.T. Color & Diseño, S.L.
C/. Colquide, 6 - portal 2-3º H, 28230 Las Rozas (Madrid)
Fotomecánica: PREIMPRESIÓN 2000
C/. Algorta, 33. 28019 Madrid
Impresión y encuadernación: LITOGRAFÍA ROSÉS, S.A.
C/. Energía, 11. 08850 Gavá (Barcelona)
Fecha impresion para Argentina: 6.8.07
Distribuidor exclusivo para España: LOGISTA
Distribuidor para México: CODIPLYRSA
Distribuidores para Argentina: interior, BERTRAN, S.A.C. Vélez Sársfield, 1950. Cap. Fed./ Buenos Aires y Gran Buenos Aires, VACCARO SÁNCHEZ y Cía, S.A.
Distribuidor para Chile: DISTRIBUIDORA ALFA, S.A.

Capítulo 1

LEO Makarios se detuvo en lo alto de las amplias escaleras que llevaban al enorme vestíbulo de Schloss Edelstein. Su cuerpo imponente se relajó al observar con satisfacción la escena. Justin había elegido bien. Las cuatro chicas era deliciosas. Se quedó un instante mirándolas. La rubia fue la primera en llamarle la atención, pero pese a ser muy bella, era un poco delgada para su gusto. No tenía paciencia con las mujeres neuróticas. La castaña que estaba junto a ella no era demasiado delgada, pero aunque tenía una melena muy llamativa, su rostro era inexpresivo. Las mujeres poco inteligentes le desesperaban. La pelirroja de aire prerrafaelista era impresionante, desde luego, pero Leo sabía que ya había captado la atención de su primo Markos y que ella vivía bajo su amparo. Miró a la chica que quedaba.

Entrecerró los ojos. Tenía un pelo negro como la noche; la piel tan blanca y delicada como el marfil; los ojos verdes como las esmeraldas que llevaba con un aire de desidia que le produjo un repentino arrebato de ira. ¿Qué hacía allí una chica que parecía desganada con un collar Levantsky? ¿No se daba cuenta del milagro que suponía el artístico trabajo del joyero? ¿No apreciaba los pendientes, pulseras y anillos que la adornaban? Evidentemente, no. Él la miró fijamente, pero ella dejó escapar un suspiro descarado, se puso una mano en la cadera y cambió el apoyo de una pierna a la otra.

Leo notó que la furia se apoderaba de él. Al suspirar, los pechos de la chica se elevaron y el movimiento hizo que los dos montículos encorsetados en el vestido negro se agrandaran apetitosamente. Leo sintió una sensación conocida y muy placentera por todo el cuerpo. La chica de pelo azabache y ojos verdes estaba aburrida… Muy bien, él estaría encantado de remediarlo personalmente.

Empezó a bajar las escaleras.

Anna notó que empeoraba de humor. ¿Por qué estaba allí plantada? Tonio Embrutti se había reunido con sus ayudantes y ella podía oír los cuchicheos en un italiano acalorado. Volvió a suspirar y el escote se le bajó otra vez. Lo detestaba, era demasiado bajo y provocaba la típica mirada grosera de los hombres que ella intentaba evitar.

Apretó los labios e intentó hacer, mentalmente, uno de los ejercicios de kárate. Eso la calmaba y le daba seguridad porque sabía que podría defenderse de cualquier agresión, aunque no pudiera impedir que los hombres la miraran.

Hacer de modelo no era tan fácil como pensaba la gente y ella sabía que a las dos aficionadas, Kate y Vanessa, les parecía arduo y agotador. Anna las miró. Kate, la castaña, parecía inexpresiva cuando no llevaba las gafas, pero, al menos, no vería las miradas lascivas que le dirigían. La pelirroja, Vanessa, tenía otro tipo de protección. Se decía que su novio era primo del tipo que había organizado esa velada y que, además, era el dueño de esa mansión medieval. Aunque ella no podía entender que un griego tuviera un castillo en los Alpes austriacos. Quizá quisiera estar cerca del banco suizo donde guardaba su botín. Lo único indudable era que tenían un montón de dinero. Schloss Edelstein era enorme y colgaba de la ladera de una montaña rodeado de bosques y campos nevados. Anna cambió la expresión aburrida cuando se acordó de la vista que tenía desde su dormitorio. Era muy distinta de la vista de fábricas que tuvo durante su infancia. Había sido muy afortunada.

Cuando tenía dieciocho años, un cazatalentos de una agencia de modelos la vio en un centro comercial. Al principio receló mucho, pero la oferta había resultado ser sincera. Había tenido que trabajar sin tregua para llegar a triunfar como modelo y en ese momento, aunque no era una supermodelo, tenía veintiséis años y le quedaba poca carrera profesional por delante, llevaba un tipo de vida que estaba a años luz del que se podía esperar cuando nació. Había aprendido mucho por el camino. No sólo cómo vivían los privilegiados, sino a sobrevivir en una de las profesiones más difíciles que había y, además, sin caer en el vicio. Porque pronto supo que el vicio estaba por todos lados en el mundo de las modelos. Sabía que algunas chicas consumían todas las drogas que podían y se acostaban con cualquier hombre que pudiera ayudarlas a prosperar y muchos de los hombres que había en el mundo de la moda no eran mucho mejores.

Se reconoció que no todo el mundo era así. En el mundo de la moda también había gente magnífica. Había diseñadores a los que respetaba, fotógrafos en los que confiaba y modelos que eran amigas. Como Jenny, la rubia que estaba allí, que era su mejor amiga. Ella iba vestida de blanco con una diadema y unas pulseras de diamantes.

Anna entrecerró los ojos. Jenny no tenía buen aspecto. Siempre había sido delgada, como todas las modelos, pero en ese momento parecía demacrada. No eran las drogas, Jenny no se drogaba. Si lo hubiera hecho, no habría sido su amiga. Esperaba que no estuviera a dieta porque algún fotógrafo estúpido le hubiera dicho que perdiera un peso que no le sobraba. ¿Estaría enferma? Anna sintió un escalofrío. La vida pendía de un hilo y cualquiera podía morir con veintitantos años. ¿Acaso no había muerto su madre con veinticinco años y había dejado a su hija, que no conocía a su padre, al cuidado de su abuela viuda?

Fuera lo que fuese, estaba machacando a Jenny y tendría que hablar con ella cuando terminara la sesión del día. Si acababa alguna vez. Al menos, parecía que la reunión con Tonio Embrutti había terminado. Él había vuelto a hacer caso a las modelos. Sus ojitos resplandecían en una cara regordeta que una barba muy cuidada no conseguía mejorar.

–¡Tú! –Tonio señaló teatralmente a Jenny–. ¡Fuera!

Anna vio que Jenny se quedaba atónita.

–¿Fuera? –repitió ella sin entender nada.

El fotógrafo agitó las manos con desesperación.

–El vestido. Fuera. Hasta las caderas. Quítatelo y ponte las manos en el escote. Tengo que fotografiar las pulseras. ¡Deprisa!

Tonio hizo un gesto a la estilista y alargó una mano para que le dieran la cámara.

Jenny se quedó paralizada.

–No puedo.

El fotógrafo la miró con el ceño fruncido.

–¿Estás sorda? Quítate el vestido. ¡Ahora!

La estilista ya estaba desabrochando la espalda del vestido de Jenny.

–¡No voy a quitarme el vestido! –exclamó ella con un tono cargado de tensión.

Anna vio que la cara de Tonio se congestionaba y se adelantó para intervenir.

–No hay desnudos –declaró rotundamente–. Lo dice el contrato.

El fotógrafo se volvió para mirarla.

–¡Cállate! –le ordenó antes de volver a mirar a Jenny.

Anna se acercó a la estilista y le agarró la mano para detenerla. Jenny estaba muy tensa.

–¿Hay algún problema? –preguntó una voz desconocida.

Era una voz profunda y con acento extranjero. También tenía algo amenazante y Anna lo captó con un leve estremecimiento en su cuerpo. Un hombre había surgido de entre las sombras que rodeaban la zona iluminada donde estaban haciendo las fotografías.

Anna contuvo el aliento. Aquel hombre era como un leopardo. Esbelto, poderoso, elegante y… peligroso. Anna se preguntó por qué habría pensado que era peligroso, pero lo había pensado. Además, también pensó que era arrollador. No soltó el aliento mientras asimilaba todo lo que transmitía el hombre que acababa de aparecer.

Era muy alto. Más alto que ella. Tenía el pelo negro y la piel olivácea. Su rostro parecía sacado de un mosaico bizantino. Era impasible, distante, cauto e increíblemente seductor. Lo era por los ojos, concluyó Anna mientras soltaba el aire. Eran unos ojos almendrados, con pestañas tupidas y muy sensuales; muy oscuros.

Todo el mundo se había quedado en el más absoluto silencio.

–Lo repito, ¿hay algún problema?

Anna pensó sin darse cuenta de que a él no le gustaban los problemas, que se los quitaba de encima si se cruzaban en su camino.

–¿Quién es usted? –le preguntó Tonio con tono impertinente.

El hombre se volvió para mirarlo.

–Leo Makarios –contestó el hombre al cabo de unos segundos cargados de tensión.

Lo dijo sin levantar la voz y sin darse importancia. Sin embargo, lo dijo de una forma que hizo que Anna casi sintiera lástima de Tonio. Casi, pero no del todo porque Tonio Embrutti era uno de los mayores majaderos que la habían fotografiado.

–Sí –contestó ella antes de que el fotógrafo pudiera decir una palabra–. Tenemos un problema.

Los ojos almendrados se volvieron hacia ella y Anna se preguntó cómo era posible que unos ojos tan impasibles hicieran que todos los músculos se le pusieran en tensión. Se sentía como una gacela en medio de la sabana africana a la puesta del sol. Cuando los felinos salían a cazar. Ella, sin embargo, no era una gacela y Leo Makarios no era un leopardo. Era un hombre muy rico que estaba pasándoselo bien para conseguir que los medios de comunicación se fijaran en su último juguete. De entrada, con las cuatro modelos que había contratado para las fotos de publicidad. Aunque no las había contratado para desnudarse.

–Su fotógrafo –siguió ella delicadamente– quiere que incumplamos el contrato. El contrato dice que nada de desnudos –añadió ella con un tono más enérgico–. Yo me cercioré, puede comprobarlo.

Ella se mantuvo protectoramente detrás de Jenny. También se dio cuenta de que las otras dos modelos, las aficionadas, estaban muy incómodas.

Leo Makarios seguía mirándola. Ella le aguantaba la mirada. Algo alteraba sus entrañas. Algo que a ella no le gustaba. ¿Sería el vicio? ¿Sería eso lo que no le gustaba de la mirada de Leo Makarios? No, se contestó reflexivamente. Ella podía lidiar con el vicio. Aquello era algo peor. Leo Makarios estaba afectando a algo completamente distinto. Notaba que, poco a poco, el corazón le latía más deprisa. Como si fuera la primera vez que le pasaba en su vida. Intentó resistirse con la falta de fuerzas propia de una impresión tan fuerte. No lo quería. No quería que fuera él. Sin embargo, lo era.

Leo no apartó los ojos de ella. Ya no parecía aburrida. Su rostro reflejaba dos turbaciones y ella intentaba que la segunda no la abrumara.

La primera era furia. Esa chica estaba furiosa. Era una furia ancestral a la que ella estaba acostumbrada. Sin embargo, la segunda, le había llegado de improviso. Él notó una punzada de satisfacción. Quizá ella quisiera disimularlo, pero él había captado el fugaz destello de sus ojos cuando se encontraron con los de él. Sin embargo, ya se ocuparía de eso cuando fuera el momento, en ese instante tenía que ocuparse de otras cosas.

Miró a la rubia. Efectivamente, era el prototipo de neurótica; era increíblemente hermosa, pero prefería no estar en el pellejo del hombre que tuviera que soportarla.

–A ver si lo entiendo –le dijo a Jenny–. ¿No quiere hacer estas fotos? ¿No quiere hacer las fotos del señor Embrutti?

Ella estaba casi temblando, pero negó con la cabeza.

Tonio estalló en una sarta de insultos en italiano y Leo lo paró con una mano en alto.

–Nada de fotos de pechos. Todas se quedarán vestidas.

Leo miró a todas las chicas y se detuvo un instante

en la pelirroja. Estuvo a punto de esbozar una sonrisa. Se imaginó la reacción de su primo si hubiera visto a su amante desnuda en la campaña de lanzamiento de la recientemente descubierta colección Levantsky, que llevaba años escondida en una guarida de los zares en lo más remoto de Siberia y que Makarios Corp. había comprado para comercializarla. Markos lo habría hecho papilla si él lo hubiera permitido.

Volvió a mirar a la morena. ¿Estaría con alguien? Que ella le hubiera respondido no significaba que no estuviera con algún otro hombre. No sería la primera que pensaba que era preferible negociar con un Makarios. Sin embargo, él perdía pronto el interés en las que pensaban de esa manera. Eran amantes insulsas. Pensaban en su dinero y no en él. Cuando tenía a una mujer en la cama, quería que sólo pensara en él. Lo comprobaría cuando se acostara con esa modelo morena.

Leo fue hasta el rincón del vestíbulo, hizo un gesto con la cabeza al personal de seguridad que había contratado para vigilar la colección Levantsky, se apoyó en la mesa de roble, cruzó los brazos y observó a la chica que había elegido.

La sesión siguió y Tonio descargó toda su rabia en ella. Anna no hacía nada bien. Él criticaba y despreciaba todo lo que hacía ella, todas sus poses. Leo sintió unas ganas enormes de retorcerle el cuello y una admiración equivalente por la modelo. Ella podría estar aburrida con las joyas Levantsky y sería una levantisca que sacaba a relucir el contrato a la primera de cambio, pero cuando se trataba de aguantar lo que le echaban encima, tenía la paciencia de una santa. Algo que a Leo le pareció paradójico porque no parecía una santa ni mucho menos. Tampoco era sexy; no era tan burda. Su atractivo sexual nacía de algo completamente distinto; nacía de su indiferencia absoluta por tenerlo. Era algo muy poderoso; muy erótico.

La miró de arriba abajo. El pelo negro que parecía un manto, los hombros nacarados, las curvas generosas de sus pechos comprimidos, su cintura estrecha y sus caderas bien marcadas, sus brazos esbeltos y modelados. Además, su rostro. Era casi cuadrado, con una mandíbula muy definida, unos pómulos altos, la nariz recta, la boca amplia e inconscientemente voluptuosa y los ojos color esmeralda…

Efectivamente, era muy, muy erótica. Leo notó un estremecimiento, pero se serenó para disfrutar de lo que veía e imaginarse lo que le esperaba esa noche por cortesía de la modelo de pelo como la seda. Casi sin quererlo, se preguntó cómo se llamaría.

Anna sumergió su cuerpo agotado en el agua caliente. La sesión había sido demoledora. No sólo por el esfuerzo de tener que contenerse con el majadero de Embrutti, sino porque había sido muy larga. Sin embargo, al final todo había salido bien. Fotografió a todas las chicas con distintas piedras preciosas que contrastaban con distintos vestidos. Esa noche volverían a llevar las joyas en la grandiosa recepción que Leo Makarios iba a ofrecer para el lanzamiento de la colección Levantsky. Vanessa llevaría esmeraldas; Kate, diamantes; Jenny, zafiros, y ella los diamantes.

Anna se abatió repentinamente. Había podido hablar con Jenny al final de la sesión cuando la acompañó a su cuarto. Jenny se había dejado caer en la cama y ella se sentó en el borde. Se había quedado atónita.

–Estoy embarazada –le espetó Jenny.

Anna la miró fijamente. No hizo falta que le preguntara quién era el padre ni por qué estaba tan disgustada. Anna ya le había advertido que no se relacionara con alguien de una cultura tan distinta a la occidental, que eso sólo le acarrearía problemas.

–Él me dijo que si me quedaba embarazada sólo tenía dos alternativas: o casarme con él y vivir como su esposa para criar al hijo o casarme con él, darle el hijo y divorciarnos. Yo no puedo hacer ninguna de las dos cosas. ¡No puedo!

Jenny se puso a llorar y ella la abrazó.

–¡No puedo casarme con él! No puedo vivir en un harén y no volver a salir nunca más. En cuanto a renunciar a mi hijo... –Jenny empezó a sollozar desconsoladamente.

–Entiendo que él no sabe nada del embarazo... –aventuró Anna.

–¡No! –exclamó Jenny que había dejado de sollozar–. ¡No puede enterarse! Vendría a buscarme y me arrastraría al desierto. ¿Entiendes por qué estaba tan horrorizada cuando Tonio quería que me desnudara? Si se notara el embarazo y empezara a extenderse el rumor, él vendría hecho una furia. Tengo que marcharme.

–¿Marcharte?

–Sí, esconderme. Esconderme antes de que empiece a notarse. Si él se entera de que he tenido un hijo, sabrá que es suyo. Se hará la prueba y todo eso. Tengo que largarme. Tengo que irme muy lejos y empezar otra vida. A algún sitio donde él no me busque nunca. Había pensado en algún rincón remoto de Australia.

–¿Puedes permitírtelo?

Anna sabía que Jenny había ganado bastante dinero, pero ninguna de las dos era una supermodelo y las comisiones de las agencias y otros gastos se llevaban gran parte de lo que ganaban. Además, el funesto idilio con el hombre del que quería huir la había tenido demasiado tiempo fuera del circuito y otras modelos jóvenes llegaban con fuerza.

Jenny no contestó, se limitó a morderse el labio.

–Yo puedo prestarte… –empezó a decir Anna antes de que Jenny negara con la cabeza.

–Tú necesitas el dinero. Sé lo cara que es la residencia de tu abuela y no voy a hacer que vendas el piso. A nuestra edad las dos estamos llegando al final de nuestra carrera y necesitas los ahorros. Ya me apañaré de alguna manera.

Anna no había insistido. Ya se ocuparía, como fuera, de que Jenny tuviera lo suficiente para empezar su nueva vida, aunque tuviera que hipotecar el piso.

Dejó que el agua caliente la serenara. La pobre Jenny se había quedado embarazada de un hombre que sólo la consideraba un cuerpo y que le arrebataría su hijo con un chasquido de sus imperativos dedos. Jenny tenía que desaparecer en cuanto terminara esa sesión. Sin embargo, todavía tenían trabajo por delante. Los invitados de Leo Makarios ya habían empezado a llegar.

Leo Makarios… Iba a tener que pensar en él. No quería, había estado posponiéndolo, pero ya tenía que pensar en él.

Repasó cuidadosamente lo que había pasado. Por primera vez en cuatro años largos y placenteros, había visto un hombre que le había parecido peligroso para ella. Era turbador. Los hombres ya no eran peligrosos para ella. No lo eran desde que Rupert Vane le dijo que iba a casarse con Caroline Finch-Carleton, una chica de su misma clase social, al revés que ella. Incluso en ese momento, cuatro años después, sintió la punzada de la humillación. Rupert había sido el primer hombre, el único hombre, que había roto sus defensas. Tenía el encanto indolente y seguro de sí mismo propio de la clase más alta y había atravesado todas sus defensas sin despeinarse. Era divertido y, a su manera, a ella le había gustado.

–Lo he pasado muy bien, Anna –le había dicho cuando le dio la noticia de su inminente matrimonio.

Desde entonces, ella había mantenido a todos los hombres a una distancia prudencial. Además, casi todos los que había conocido le habían parecido poco atractivos.

El agua le acarició los pechos y una imagen apareció en su cabeza. Era un hombre que la miraba con unos ojos casi ocultos por unas pestañas muy tupidas. Anna se dejó llevar por ese pensamiento. Tenía que saber por qué era peligroso para ella y, así, poder defenderse de él. No podía ser por su belleza. En su mundo sobraban los hombres guapos. Tampoco podía ser por su riqueza. Eso siempre había sido un gran inconveniente, a lo que se añadía la idea generalizada de que las modelos se entregaban sexualmente a los hombres ricos. Entonces, ¿qué estaba pasándole?

Sólo sabía dos cosas: que tenía que andar con pies de plomo en lo referente a Leo Makarios y que quería volver a verlo.

Capítulo 2

LEO, con toda naturalidad, saludaba a sus invitados en inglés, francés, alemán o italiano. El vestíbulo estaba lleno de mujeres con traje largo y hombres de esmoquin, además de camareros con bandejas de copas de champán.

–¡Markos!

Leo pasó al griego para saludar a su primo. Era un par de años más joven que él, que tenía treinta y cuatro años, un poco más delgado y con unos ojos grises que revelaban su parte de ancestros ingleses. Por lo demás, Markos era completamente griego. Charlaron un rato y Leo sonrió amablemente a la pelirroja que estaba junto a su primo. Ella no le devolvió la sonrisa. Ella, ni siquiera lo vio. Ella miraba a Markos con arrobo, como si fuera la única persona sobre la faz de la tierra.

Leo sintió una curiosa punzada de emoción. Ninguna mujer lo había mirado así. Se preguntó si acaso quería que lo hicieran. Era una pregunta retórica, pero se contestó inmediatamente que no, que cualquier mujer que lo mirara así sería un incordio.

Algunas mujeres le habían declarado su amor eterno, pero estaba sobre aviso. El objeto de su amor no era él sino su dinero. Ya no permitía que ninguna mujer le dijera que lo amaba. Desde el principio dejaba muy claras las condiciones de su afecto. Era una relación provisional. Era exclusiva mientras durara, pero cuando terminaba, no consentía escenas sentimentales que lo enfurecieran ni reproches histéricos ni acosos posteriores. Cuando terminaba, no quedaba nada y ella tenía que desaparecer.

Siguió saludando a sus innumerables invitados, pero sin perder de vista a las modelos que exhibían las joyas Levantsky.

¿Dónde se habría metido la morena? La vio y se quedó de piedra. Estaba increíblemente deslumbrante. Llevaba un vestido negro tan sencillo que casi parecía una túnica; se ceñía en los pechos y luego caía suavemente hasta los tobillos. También llevaba unos guantes negros hasta los codos. Al contrario que antes, llevaba el pelo recogido en un moño bajo que enmarcaba su rostro. También llevaba menos maquillaje que para la sesión de fotos y su cutis parecía de marfil. Los diamantes destellaban contra la blancura de su esbelto cuello y resaltaban su ya de por sí exquisita belleza.

Leo se quedó mirándola un rato para intentar asimilar lo que estaba viendo. Era excepcional... Entonces, bruscamente, frunció las cejas y se acercó a ella.

Estaba sola, con una copa de champán en la mano y miraba fijamente la cabeza de un jabalí disecado que había en la pared. Tenía una expresión de disgusto profundo.

–¿Por qué no lleva todas las joyas? –le preguntó Leo.

Ella giró la cabeza. Él captó aquel brillo en los ojos, pero en ese momento no le afectó. Sólo le interesaba saber por qué no llevaba la diadema, los pendientes y las pulseras que hacían juego con el collar.

–¿Y bien? –insistió él.

–Una de las bombillas estaba fundida –contestó ella.

Leo frunció más el ceño.

–¿Cómo dice?

–Como las luces de Navidad. ¿Quería que me paseara como si fuera un árbol de Navidad? Era un exceso absurdo llevar todas las joyas juntas.

–Y usted ha tomado esa decisión, ¿no?

Él lo preguntó con un tono delicado, pero a Anna se le erizaron los pelos de la nuca. Sin embargo, no iba a dar su brazo a torcer. Se había probado todas las joyas juntas y se había visto como una caseta de feria.

–Es la decisión que tomaría cualquiera con un poco de gusto –replicó ella.

–Mis instrucciones fueron muy claras –Leo la miró con los ojos entrecerrados.

Anna sabía que debería haber transigido, sabía que Leo Makarios la había contratado para lucir esas joyas. Sin embargo, no transigió.

–Pues estaba equivocado. Llevar algo más que este collar habría sido una vulgaridad.

Él se quedó inexpresivo y algo cambió en sus ojos almendrados. Ella tendría que ceder, lo sabía, pero nunca cedía. También sabía que si lo hacía, la pisotearían.

Durante un instante casi eterno, él se limitó a mirarla. Notó que la tensión empezaba a apoderarse de ella. Entonces, se dio cuenta de lo que estaba haciendo él. Quería alterarla.

–Supongo, señor Makarios –siguió ella con delicadeza–, que un hombre con tanto dinero como usted no querrá parecer vulgar.

El tiempo se detuvo y Anna se encontró esperando algo que no sabía qué era, pero lo obtuvo. Notó un movimiento casi imperceptible en los labios de él y algo se iluminó dentro de ella.

Entonces, ese gesto desapareció y los labios volvieron a ser una línea recta e implacable.

–Usted juega con fuego –replicó Leo sin alterar el tono–. Vaya a ponerse las joyas.

Leo se alejó. Ella sintió unas ganas casi irreprimibles de estrellar la copa contra el suelo, pero se contuvo. ¿Por qué iba a alterarse por un hombre como Leo Makarios? No era más que otro hombre rico que quería que el mundo fuera como él pagaba para que fuera. En ese momento pagaba para que ella llevara todas sus joyas, independientemente de lo vulgar que fuera. Si quería diamantes, se los pondría.

Anna salió todo lo deprisa que le permitía el vestido y no se fijó en unos ojos almendrados que no se apartaron de ella.

La orquesta de cámara empezó a afinar y los invitados fueron tomando asiento. La sala de baile era estilo rococó y las paredes estaban cubiertas de espejos. En diagonal, a ambos lados de la orquesta, había dos pares de butacas doradas. Eran para las modelos, para que los invitados pudieran admirar las joyas Levantsky mientras escuchaban a Mozart. Leo se fijó en que tres de las chicas ya estaban sentadas. La pelirroja buscaba con la mirada a Markos. La castaña, para sorpresa de Leo, había dejado de tener una mirada inexpresiva y charlaba animadamente con el músico que tenía al lado. La rubia también estaba sentada, pero la butaca contigua estaba vacía.

Leo notó que se le crispaba el gesto. Estaba claro que era una levantisca.

Se lo habían confirmado. Había llamado a Justin, el encargado de la publicidad del lanzamiento de la colección, y le había dicho que comprobara que la modelo morena estaba obedeciendo sus órdenes. Justin se había puesto nervioso y había dicho algo sobre que la agencia de modelos ya le había avisado de que tenía cierto temperamento.

–Que no lo tenga mientras esté aquí –le replicó Leo.

Justin se alejó precipitadamente y Leo se sentó al lado de la mujer de un ministro austriaco mientras la orquesta seguía afinando.

El director apareció y subió a la tarima. Los invitados se quedaron en silencio.

Ella apareció resplandecientemente, se sentó en la butaca y se puso las manos recatadamente en el regazo. Llevaba la diadema, los pendientes que le colgaban de las orejas, las pulseras en los dos brazos y el collar. Parecía, exactamente, un árbol de Navidad encendido. Leo apretó los labios. No soportaba equivocarse.

Los pies estaban matándola. Era lo peor de ser modelo, aparte del aburrimiento y la sordidez. Sin embargo, siguió de pie mientras escuchaba atentamente a un empresario alemán que le explicaba las virtudes de las aguas termales. Al otro lado de la habitación, podía ver a Leo Makarios que estaba hablando con alguien. Esperaba que le hubiera gustado el árbol de Navidad. Era indudable que habían llamado la atención de sus invitados. Tanto los hombres como las mujeres la habían observado con atención, los hombres con algo más que atención, y con gesto de preguntarse el precio de aquellas joyas y de lo que no eran las joyas. Por eso estaba allí. Las aguas termales no eran un tema fascinante, pero el empresario alemán estaba tratándola con mucha cortesía y, además, mantenía alejados a otros hombres. Excepto a uno.

–Hans, wie gehts?

Esa voz profunda y ese acento eran inconfundibles. Anna se puso en tensión automáticamente por la turbación que le producía ese hombre. El alemán sonrió y lo saludó en su idioma. Leo siguió la conversación con tono afable, pero Anna podía notar que la miraba a ella y que se daba cuenta de la ostentación de los diamantes que llevaba encima. Anna se mantuvo inexpresiva. Él pensó decirle que ella tenía razón, que llevar todas las joyas era un exceso y que restaban belleza a la exquisitez del collar. En ese momento, Hans Federman preguntó a Leo por su experiencia con los negocios en Europa Oriental. Anna intentó aprovechar la ocasión para separarse de ellos, pero cuando empezó a moverse, Leo alargó la mano y la agarró de la muñeca.

Anna se quedó petrificada y sintió un cúmulo de sensaciones contradictorias. Una fue dar un tirón del brazo para zafarse de él. La otra, sin embargo, fue una descarga ardiente que le abrasó las entrañas. Entonces, bruscamente, Leo le soltó la muñeca, dejó de hablar y se volvió hacia ella.

–Por favor, no se vaya, señorita… –Leo arqueó una ceja.

–Anna Delane –dijo ella de mala gana.

Se preguntó por qué tenía tan pocas ganas de que Leo Makarios supiera su nombre. Al fin y al cabo, a él le bastaba con preguntárselo al solícito Justin.

–Anna.

Era su nombre y ella llevaba toda su vida oyéndolo, pero no de aquella manera. Sintió un escalofrío en toda la espina dorsal. Leo se limitó a mirarla durante un segundo, como si la analizara. Luego, siguió hablando con el alemán. Anna se quedó a su lado sin decir nada y él la retuvo allí durante el resto de la velada.

Tuvo que hacer acopio de toda su profesionalidad para aguantar. De su profesionalidad y de una decisión férrea para que Leo Makarios no la alterara. Podía intentar convencerse de que para un hombre como él, rodeado de mujeres ricas y elegantes, ella sólo era un expositor para sus joyas, pero si era así, ¿por qué no se apartaba de su lado? ¿Por qué no hacía lo mismo con las otras modelos?

Él se había desembarazado diplomáticamente de un banquero holandés y de su mujer y había tomado a Anna del codo para llevarla a las mesas del bufé.

–¿No debería hacer caso a las demás joyas, señor Makarios? Allí está Kate con los rubíes…

A Anna le pareció que Kate miraba con veneración a uno de los hombres que estaban en su grupo. Anna reconoció al director de la orquesta.

–¿Cómo iba a privar a Antal Luckas de su admiradora? –replicó Leo con sarcasmo–. Además, es una admiradora tan joven y guapa…

–¿Es Antal Luckas? –preguntó Anna con sorpresa.

–¿Quiere conocerlo?

–Supongo que ya estará bastante harto de la gente que lo abruma.

–No le imagino abrumando a alguien –Leo lo dijo con un tono irónico–. Usted no parece impresionada de llevar unas joyas que son la envidia de todas las mujeres.

–Sólo son cristales de carbón. Son valiosas porque son escasas. Hay muchos cristales igual de bonitos. Los diamantes sólo valen dinero…

–¡Son diamantes Levantsky! Obras de arte en sí mismos –la interrumpió Leo.

–También lo es la música de Mozart –Anna se encogió de hombros– y no hay que pagar millones para disfrutarla.

Él la miró con los ojos entrecerrados, pero ella no apartó la mirada.

–Me han dicho que tiene cierto temperamento. Re-prímalo –le aconsejó él con el tono delicado que antes había erizado los cabellos de Anna.

Ella sonrió amablemente aunque notaba la adrenalina que la rebosaba.

–¿Es otra de sus órdenes, señor Makarios?

Él la miró durante un rato y Anna notó que la adrenalina la abrasaba.

–¿Qué le pasa, señorita Delane? –le preguntó él con ese tono mortífero.

Ella quiso contestar que lo que le pasaba era él. Lo miró desafiantemente con una sonrisa falsa en los labios, pero notó que algo había cambiado en los ojos de él. Era como si la aislara del resto de la habitación. Leo había bajado los párpados y ella notó que no podía soltar el aliento.

–No me busque las cosquillas –Anna volvió a notar algo en sus ojos que le creó una sensación de vacío en el estómago–. Usted es… increíblemente guapa –añadió él.

El vacío del estómago se hizo más profundo y ella no quería que pasara eso. Quiso decir algo, pero sólo pudo mirarlo. Todo desapareció. Ella miraba a aquel hombre y él la miraba a ella con unos ojos arrebatadores. El vacío pasó a ser un calor abrasador.

Ella se dio cuenta de que él lo había notado. Había notado que ese calor empezaba a apoderarse de ella. Él entrecerró los ojos y esbozó una sonrisa de satisfacción de pensar en lo que se avecinaba. Leo le susurró algo en una voz tan baja entre tanto bullicio que Anna pensó que debería habérselo imaginado. Naturalmente, se lo había imaginado.

–Más tarde… –pensó ella que había susurrado él.

Luego, repentinamente, el gestó de él se tornó afable.

–Ministro…:

Leo volvió a ejercer de anfitrión, pero retuvo a Anna a su lado.

Anna se quitó los zapatos con alivio. Luego, también se quitó los guantes y los tiró sobre una butaca. Empezó a soltarse los cierres del ceñido traje de noche. Había dejado los diamantes al cuidado de la empresa de seguridad. Aquella velada había sido interminable y, sobre todo, había pasado una tensión nerviosa casi insoportable.

Leo estaba alterándola y eso no le gustaba nada. Apretó los labios. Después de pasar tanto tiempo con él tendría que estar inmunizada. Ya tendría que haber superado la impresión que él le produjo cuando apareció en la sesión fotográfica. Tendría que ser capaz de considerarlo como algo abstracto, como un hombre guapo, excepcionalmente guapo para ser tan rico, pero no como a un hombre que la afectara lo más mínimo; que la dejara sin aliento; que le abrasara las entrañas; que le acelerara el pulso…

Se miró en el espejo del tocador. Estaba algo sonrojada y tenía los ojos un poco más abiertos que de costumbre, pero era porque estaba muy cansada. Se miró desafiantemente y vio una imagen que ya conocía. El pelo negro, la piel blanca, los ojos verdes… Una herencia genética que según su abuela seguramente debía a su padre desconocido. Sin embargo, esa belleza sólo era una mercancía que ella vendía todos los días a quien pagara suficientemente por ella. Eso era lo único que ella vendía, aunque muchos hombres pensaran otra cosa. Pensaban que les vendía el derecho a desnudarla con la mirada, a preguntarse cómo sería ella en la cama.

Se dio la vuelta y siguió soltándose los cierres del vestido. Al menos se había librado del ridículo resplandor de los diamantes. Volvió a endurecer la mirada. ¿No se habría dado cuenta él de lo exagerado que era llevarlos todos juntos? Sacudió la cabeza. ¿A quién le importaba lo que pensara Leo Makarios? ¿Qué le importaba a ella lo que pensaran de él? No volvería a verlo y estaría a salvo...

Se quedó petrificada. ¿Por qué había empleado esa palabra? Ya estaba a salvo de Leo Makarios. Él la había mirado y la había encontrado hermosa, pero también lo había desquiciado con su actitud. Además, él estaba en una fiesta que había dado para deslumbrar a sus amigos ricos, no iba a perder el tiempo acosando a un objeto que había contratado. Un hombre con su dinero y tan guapo tendría todas las mujeres que quisiera dentro de su círculo social. En ese momento, seguramente estaría seduciendo a una duquesa austriaca o algo parecido.

Anna se preguntó por qué habría estado pegado a ella durante toda la noche. Se encogió de hombros. Lo más probable era que Justin le hubiera advertido de su genio y que Leo hubiera querido cerciorarse de que no se desmandaba. Se acordó del dicho: «Mantén cerca a tus amigos, pero más cerca a tus enemigos».

Frunció el ceño. ¿Por qué se habría acordado de eso? Él no era ni su amigo ni su enemigo. Era un desconocido y seguiría siéndolo. Así, nunca sería un peligro para ella.

Capítulo 3

LEO avanzó por el pasillo enmoquetado. Delante tenía a dos empleados cargados con bandejas. Creía que nunca había subido a ese piso. No eran las antiguas dependencias de los sirvientes, pero tampoco eran las habitaciones de los invitados. No eran tan lujosas como las habitaciones del piso principal, pero eran muy confortables. Se preguntó si las tres modelos se alojarían allí. La pelirroja, naturalmente, estaría con Markos en alguna de las suites. También se preguntó si la rubia y la castaña habrían encontrado algún sitio donde pasar esa noche. Quizá la castaña estuviera adorando a Antal Luckas, se dijo al saber la debilidad del director por las mujeres. La rubia, sin embargo, había estado demasiado tensa para captar la admiración que había provocado.

Aunque ninguna de ellas le había interesado. Sólo una le había llamado la atención y él sabía que ella también se había fijado en él. Quizá tuviera cierto temperamento, pero eso no tenía importancia. Ella estaría ronroneando como un gato dentro de poco. Las mujeres siempre ronroneaban con él.

Los dos empleados se pararon delante de una puerta y se volvieron para mirarlo. Él asintió con la cabeza y uno de ellos llamó a la puerta con los nudillos.

Anna se detuvo y dejó se desabrocharse el vestido. Volvieron a llamar. Se cerró el vestido precipitadamente y fue a abrir la puerta. Vio a dos empleados con unas bandejas enormes tapadas con un paño de lino.

–Lo siento –se quedó pasmada–. Quiero decir…

No sabía cómo decir en alemán que ella no había pedido nada. Uno de los empleados inclinó ligeramente la cabeza y entró seguido por el otro empleado. Dejaron las bandejas en una mesita que había delante de las butacas y retiraron los paños. Anna pudo ver una cena ligera con, entre otras cosas, una botella de vino blanco, una jarra de zumo de naranja, una botella de agua mineral y una cafetera.

–Me temo que no he pedido…

–Pero yo sí –la interrumpió una voz conocida.

Anna se dio la vuelta y vio a Leo en la puerta. Se quedó mirándolo sin dar crédito a sus ojos. Él entró en la habitación. Seguía vestido con el esmoquin, seguía teniendo un aspecto impecable, como sólo podía tenerlo un hombre tan alto, tan rico y tan guapo. Sin embargo, podía notarse una sombra en la mandíbula que lo hacía más… sexy. Ella se quedó aterrada al pensar en esa palabra.

Ella quiso decir cualquier cosa, pero su cabeza era un hervidero de sensaciones en conflicto. La dominante era la incredulidad. No podía creerse que Leo Makarios estuviera entrando en su dormitorio, con una mano en el bolsillo, como si tuviera todo el derecho del mundo a estar allí.

Los dos empleados domésticos, evidentemente, pensaban que lo tenía y estaban poniendo la mesita con platos de porcelana, cubertería de plata, servilletas de damasco blanco, copas de cristal finísimo, una fuente de pollo ahumado, con jamón y salmón, un cuenco de ensalada y una cesta de pan en el centro.

–¿No se sienta? –le preguntó Leo mientras señalaba una de las butacas y él se sentaba en la otra.

Ella quiso gritarle y preguntarle qué demonios estaba haciendo allí, pero se contuvo por los empleados. No quería montar una escena que acabaría cotilleándose en el círculo de los ricos y famosos.

–Gnadige Fraulien?

Uno de los empleados le indicó respetuosamente la butaca mientras el otro abría la botella de vino. Ella tendría que sentarse y fingir que no había nada de extraño en que el propietario del castillo quisiera cenar a medianoche con ella. Anna se sentó con un gesto inexpresivo, pero detrás de la careta sentía todo un torbellino enloquecedor de emociones. Sabía que se había abrochado mal el vestido, pero lo miró con intención de fulminarlo. Sin embargo, sólo pudo contener el aliento.

Leo Makarios estaba soltándose la pajarita y desabotonándose el primer botón de la camisa. Eso, y la sombra de la barba, hizo que se le parara el pulso. Involuntariamente, volvió a pensar que estaba muy sexy. Ésa era una de las palabras más normales en el mundo de la moda, pero para ella nunca había significado nada.

Sin embargo, con Leo Makarios cobraba todo su sentido y la aturdía con toda su fuerza. Intentó analizarla para rechazarla. Sólo era la mezcla de dos esquemas contradictorios. La seriedad formal del esmoquin con la pajarita suelta y la barba incipiente. Sin embargo, el efecto era demoledor. A eso se añadía un cuerpo esbelto, unas piernas muy largas extendidas con desparpajo, las manos sobre los brazos de la butaca, la cabeza apoyada en el respaldo, los ojos almendrados que la miraban…

Deseó que los empleados no se marcharan. No quería quedarse a solas con ese hombre.

Anna notó que las entrañas le abrasaban. Intentó sofocar ese fuego, pero se le extendía por todo el cuerpo mientras miraba al hombre que tenía enfrente y al que habían ofrecido una copa de vino. Él lo probó y asintió con la cabeza. El empleado llenó la copa de Anna, inclinó levemente la cabeza y, con su compañero, abandonó la habitación.

Ella se quedó con Leo Makarios. Abrió la boca para protestar por esa intromisión, pero Leo se adelantó.

–Bueno– dijo él–, *Mahlzeit.*

–¿Qué? –preguntó ella.

–*Mahlzeit* –repitió Leo–. ¿No ha oído esa palabra? Los austriacos la dicen siempre antes de comer. Es como *bon apettit.* ¿Qué le sirvo?

Leo tomó la cuchara y el tenedor y los posó en la fuente de carne y salmón.

Anna tomó aliento.

–Señor Makarios... –empezó a decir ella.

–Leo –la interrumpió él–. Creo que ya podemos dejarnos de formalismos. Ha sido una velada muy larga –siguió él mientras elegía unas lonchas de pollo ahumado y las dejaba en el plato de ella–, pero muy fructífera. ¿Quieres jamón y salmón?

–No, gracias. Señor Makarios, yo...

–Leo –él levantó la mirada–. ¿Sólo pollo? ¿Quieres ensalada?

–No. No quiero comer nada. No quiero...

Él tomo un poco de ensalada y se la sirvió a Anna.

–Esta noche he comido muy poco y tú no has comido nada. Estarás hambrienta...

Ella quiso replicar que siempre estaba hambrienta, pero que si comía engordaría y perdería trabajos. Sin embargo, notó una punzada traicionera en el estómago. Normalmente no se mataba de hambre como esa noche, pero se había debido a estar constantemente acompañada de Leo Makarios.

La presencia y el olor de esa comida era tentadora. El aroma del bollo recién horneado era irresistible. Notó que la fuerza de voluntad se debilitaba. Cenaría frugalmente y luego expulsaría a Leo Makarios de su cuarto. Estaba muy claro para qué había ido él allí… ¿Realmente estaba tan claro? ¿No estaría equivocada?

–Cuéntame –dijo él mientras se servía–, ¿conoces a las otras modelos desde hace mucho?

Anna se quedó con el tenedor a medio camino de la boca.

–¿Cómo dice? –parecía sorprendida por la pregunta.

Él repitió la pregunta mientras se ponía una servilleta en el regazo y levantaba su plato.

–Conozco a Jenny desde hace algunos años, pero es la primera vez que trabajo con Kate y Vanessa.

–¿Quién es la pelirroja? –le preguntó Leo.

–Vanessa. La de los pechos grandes, si quiere distinguirla de otra forma –contestó ella con impertinencia.

–Verdaderamente, tienes que hacer algo con ese temperamento –murmuró Leo.

–Le digo lo mismo. Las modelos tenemos nombres, además de cuerpos.

Ella pinchó un montón de ensalada con una fuerza innecesaria.

–Te ofendes sin motivo. Todavía no había conseguido conoceros por vuestros nombres, sólo por el color del pelo –replicó él sin alterarse.

Leo la miró un instante y a Anna le pareció captar cierto enfado. Anna se preguntó si eso era una reprimenda, pero se encogió de hombros.

–¿Por qué pregunta por Vanessa?

Anna sintió alivio de pensar que él no estaba allí por lo que ella había creído y también sintió curiosidad por saber por qué preguntaba por la novia de su primo. De repente pensó que quizá Leo Makarios estuviera al acecho. Aunque Vanessa no se fijaba en nadie que no fuera Markos. Anna deseó que la chica no saliera escaldada, pero no apostaría. Dio un sorbo de vino.

–Si no la conoces bien, mi interés tiene poco sentido –contestó él.

–Sólo sé que es una chica simpática. Simpática, pero tonta.

Leo Makarios frunció el ceño y eso le dio un aspecto amenazador.

–¿Tonta? –lo preguntó con un sarcasmo muy evidente.

–Suficientemente tonta para enamorarse de su primo, quiero decir.

La mirada amenazadora se hizo más intensa y Anna lo miró con aire de inocencia.

–Vamos… su elegante primo no parece de los que piden la mano de una chica. Vanessa va a salir escaldada, eso es evidente.

–Mi primo es muy generoso con sus amantes –había arrogancia en la expresión de Leo y censura en su tono de voz.

Anna dejó escapar un sonido como si se hubiera atragantado.

–¿Amante? Creía que los miriñaques estaban pasados de moda.

–No entiendo qué quieres decir –replicó él con el ceño fruncido otra vez.

–Quiero decir que las amantes desaparecieron con la reina Victoria. Mujeres mantenidas, protectores ricos, todo eso…

Él esbozó una sonrisa cínica.

–¿Crees que a las mujeres ya no les gusta tener

amantes ricos y así llevar un tipo de vida que nunca conseguirían por sí mismas?

Anna endureció la mirada. Él tenía razón. El mundo de la moda se lo había enseñado hacía mucho tiempo.

–Si lo hacen, entonces yo no las llamaría amantes –contestó ella.

–¿Cómo las llamarías?

–De una forma que no suelo decir –ella volvió a sonreír con una dulzura amarga–. Por cierto, no considero a Vanessa como una de ellas.

–¿Estás segura? –él también volvió a emplear un tono cínico.

–Sí. Sólo espero que tenga una buena amiga que la consuele cuando su primo se aburra de que lo adoren y decida cambiar de acompañante.

Él frunció el ceño.

–Ya te he dicho que Markos no tiene motivos para no ser generoso cuando acaben su aventura.

Anna decidió que esa discusión no tenía sentido. Estaba segura de que Vanessa sufriría. Si Markos se parecía en algo a su primo, después de la cama llegarían las lágrimas.

–No se puede sofocar el llanto con diamantes –replicó ella irónicamente.

–Es muy guapa, seguro que pronto encontrará otro amante.

La indiferencia del tono de Leo la exasperó.

–Vaya, entonces, no pasa nada –Anna volvió a sonreírle con desdén.

Sin embargo, Leo había fruncido el ceño y su rostro tenía otra expresión.

–Lo que dices es perturbador. ¿Crees que tiene aspiraciones de casarse?

–¿Aspiraciones?

Anna se dejó caer contra el respaldo. Había terminado el pollo y la ensalada y no pensaba servirse más. Ya no tenía hambre y había llegado el momento de deshacerse del forrado señor Makarios y de su encantadora opinión sobre la inmoralidad femenina.

–Yo diría que seguramente tenga el sueño, como un cuento de hadas, de recorrer el pasillo hacia su primo que, repentinamente, se ha convertido en el príncipe azul, pero no creo que sea tan idiota de pensar que un hombre como él vaya a casarse con ella.

Leo apretó las mandíbulas.

–A lo mejor podrías cerciorarte de que ella entienda que así son las cosas. No debe albergar esperanzas de atrapar a Markos en el matrimonio.

Anna dio un sorbo de agua.

–Le transmitiré el mensaje –replicó ella.

–Una mujer ingenua puede ser más peligrosa que una inteligente.

Anna deseó que él no hubiera dicho la palabra «peligrosa». Era la misma expresión que la había obsesionado sobre él. Lo miró involuntariamente. Parecía absorto en sus pensamientos y lo observó con detenimiento. Era impresionante. Lo miró como si fuera un pastel inalcanzable en el escaparate de una pastelería.

Consiguió apartar la mirada de él, se bebió todo el vaso de agua y lo dejó en la mesa. Se reprendió mentalmente. Fuera cual fuese el motivo para que Leo Makarios se hubiera presentado en su habitación a esa hora de la noche, ella se había equivocado completamente. Estaba allí con una misión concreta: proteger a su querido primo de las mujeres que se enamoraban de él. Leo no había ido a seducirla. Seguramente estaba haciendo tiempo hasta que alguna mujer elegante se presentara en su suite con un salto de cama de diseño. Sabía que los hombres ricos hacían cosas imprevistas a horas imprevistas. Se permitían cualquier extravagancia sin que nadie osara parpadear.

Lo miró mientras él terminaba su cena. Estaba claro que tenía un buen cuerpo que saciar. Aunque no había ni rastro de grasa en él. Era puro músculo. Quien quiera que estuviera esperándolo, tenía una noche muy movida por delante…

Se obligó a no seguir por ese camino. Cuanto menos pensara en la vida sexual de Leo Makarios, que no tenía nada que ver con ella, mejor. Más aún, cuanto antes se fuera de allí, mejor. Los corchetes del vestido estaban clavándosele en la espalda y se moría de ganas de quitarse el maquillaje y darse una ducha.

Leo dejó el plato, tomó la copa de vino y se recostó contra el respaldo de la butaca.

–No estás bebiendo vino –comentó él.

–Son calorías vacías –replicó ella con cierta impertinencia.

Él frunció el ceño una vez más.

–¿Por qué te matas de hambre?

–Algunas modelos tienen un metabolismo que les permite comerse un caballo sin que se note. Jenny es así. Yo engordo sólo con ver la comida –Anna esbozó una sonrisa forzada–. Ya comeré cuando me retire.

¿Por que estaba hablándole? Quería que se terminara el vino y se marchara.

–¿Retirarte? ¿Cuántos años tienes?

–Bastantes para ser modelo. Estamos ante el culto a la juventud, cuanto más jóvenes, mejor.

–¡Es ridículo! ¿Quién prefiere el capullo a la flor?

–Las agencias de modelos –contestó ella–. Las chicas jóvenes son más maleables y explotables. El negocio de las modelos es repugnante.

–Aun así… –la miró fijamente–…prosperas.

–Sobrevivo –le corrigió ella–. Pero no me quejo. Me han pagado bien por ser modelo.

De repente, la expresión de Leo fue hermética.

–¿El dinero te parece importante?

–Sería muy estúpida si no lo fuera. He visto a modelos que dilapidan todo lo que ganan y acaban sin nada.

–¿Tú eres más juiciosa? –le preguntó él sin dejar de mirarla.

–Eso espero.

Ella le aguantó la mirada, pero él seguía con la expresión impenetrable. Hasta que, súbitamente, sin motivo aparente, cambió. Anna se quedó sin aliento.

La miraba a ella. Sencillamente, la miraba. ¿Cómo era posible que una mirada la dejara sin respiración? No lo sabía, pero no podía respirar. Se agarró a los brazos de la butaca. Notó, como si no fuera ella, que sus músculos se tensaban mientras se levantaba. Sin embargo, como en un espejo, Leo Makarios estaba haciendo lo mismo.

Estaba acercándose a ella. El motivo era evidente. Lo había sido desde que le cambió la expresión de los ojos. Cambió con un propósito. El propósito de que su cuerpo reaccionara como siempre lo hacía al ver esa expresión en los ojos de un hombre. Sin embargo, ningún hombre la había mirado así en su vida. La habían mirado con lujuria; con esperanzas; con voracidad; con anhelo. Nunca la habían mirado como Leo Makarios la miraba. A Anna le flaquearon las piernas y el corazón le latía desbocado. Algo en su interior le avisaba del peligro. Un aviso inútil que no podía tener en cuenta. Él estaba acercándose. Era muy alto, delgado y resuelto. Sus ojos negros no dejaron de mirarla con una expresión que la derretía.

Ella seguía sin poder respirar ni moverse. Estaba petrificada, como una estatua, con los labios separados, con la mirada clavada en su boca, en su pajarita suelta, en la camisa con el cuello abierto... Leo se paró. Alargó una mano y, lentamente, le pasó un dedo por la mejilla. Le dejó un rastro de carne derretida.

–Eres absolutamente deliciosa, exquisita.

Anna sólo podía mantenerse de pie, extasiada, mientras él la miraba con aquellos ojos de pestañas tupidas que la despojaban de toda voluntad y resistencia. Ella, detrás del brillo de los ojos, podía captar algo que no había visto nunca. Deseo. No era lujuria ni vicio ni voracidad. Era, sencillamente, deseo. Un deseo que ardía con una llama clara e irresistible...

La oleada de debilidad volvió a adueñarse de ella y se sintió como nunca se había sentido ante la mirada de un hombre. Aun así, esperó la ira mordaz que siempre le brotaba cuando un hombre la miraba con una sola intención en su cabeza. Sin embargo, no surgió. Sólo notó como si por la venas le corriera miel que se disolvía lentamente.

Él tenía los ojos entrecerrados por las increíbles pestañas. Ella separó los labios, parpadeó y las pupilas se le dilataron. Leo estaba muy cerca. Podía notar su presencia dentro de su espacio vital; podía percibir el olor embriagador de su perfume; podía ver la barba incipiente, la boca amplia, las mejillas enjutas y bronceadas, los ojos entrecerrados que reflejaban un propósito muy claro. Sus entrañas se estremecieron.

–Exquisita –repitió él con un susurro.

Leo le pasó una mano por detrás del cuello y la otra por la cintura, bajó la cabeza e introdujo la lengua en el sedoso reducto de ella.

Durante un instante eterno, Leo paladeó la delicadeza y sensualidad de su boca tan excitante. Aunque él no necesitaba que lo excitaran. Durante la cena había podido sondearla sobre la pelirroja que había cautivado a su primo y, por prudencia, había querido disuadirlo. Markos no era un crédulo incauto, ni mucho menos, pero ¿quién sabía lo estúpido que podría llegar a ser un hombre si recibía las miradas de adoración que él había recibido durante toda la noche? Quizá fueran interesadas o no, pero si no lo eran, como le había parecido a Leo, Markos podría estar corriendo un riesgo mayor del que se imaginaba. En el mejor de los casos, sería muy difícil romper con la chica y cuando ese final inevitable llegara, tendría que soportar una escena de llantos que Leo no deseaba a ningún hombre. En el peor de los casos, Markos podría ser vulnerable y encontrarse en unas aguas más profundas que las que le gustaban. Una mujer ingenua con fantasías de matrimonio podía ser mucho más peligrosa que una mujer que sabía cómo era el mundo. Como la mujer que él tenía entre los brazos.

Anna era exactamente lo que él quería. El lanzamiento de la marca Levantsky había originado mucha tensión y él había puesto mucho esfuerzo personal en que esa noche todo saliera a la perfección. Eso, naturalmente, además de su interminable agenda de trabajo habitual. Podía fastidiarle, pero no le sorprendía que eso tuviera un precio y el precio era su vida sexual. Hacía ya un mes que había roto con la divorciada italiana a la que, muy gustosamente, había ayudado a celebrar su libertad sexual y todavía no había tenido tiempo de elegir a su sucesora.

Esa morena había captado su atención en el momento preciso. Era lo que necesitaba. Era una mujer sofisticada e independiente que le había dejado muy claro que era receptiva a sus atenciones. Ella se movía en un mundo famoso por unas costumbres sexuales muy liberales y ella, sin duda, habría tenido su buena dosis de amantes. Su lengua afilada y su temperamento podrían desalentar a algunos hombres, pero a él le daban igual. También podrían ser una estratagema para distinguirse de la competencia y llamar la atención de hombres como él, que estaban hartos de las mujeres aduladoras.

Fuera por lo que fuese, en ese momento no se notaba. Ella estaba reaccionando como él sabía que haría. Le permitía deleitarse plenamente y ella también disfrutaba.

Leo, sin prisas, le pasó la mano por la cadera. Era esbelta, pero en absoluto huesuda. Debajo de la seda del vestido había una delicadeza redondeada que era muy seductora. Profundizó el beso y la estrechó contra sí. Notó que su cuerpo reaccionaba muy placenteramente al contacto. Un mes de abstinencia podría ser una desgracia, pero tenía sus compensaciones. Sabía que esa noche sería un placer; que ella sería un placer.

Recorrió poderosamente la boca de ella con la lengua y notó que se dejaba llevar, lo cual le satisfizo. Había muchas mujeres que iniciaban una competición cuando las besaba, seguramente creían que a él eso le excitaba. No comprendían, como ésa, que para un hombre es muy erótico notar que una mujer disfruta con su…

Notó que la erección crecía. Un mes a dieta le había abierto el apetito. Un apetito que no se saciaba con un aperitivo. Era el momento de pasar al plato principal.

Apartó la boca lo justo para poder morderle el labio inferior.

–¿Vamos?

Leo esbozó una sonrisa sensual y parpadeó. La tomó de la cadera con un poco más de fuerza y le soltó el cuello para llevarla hacia la cama.

Cuando la soltó, ella se tambaleó levemente y Leo notó que tenía la mirada nublada. Frunció el ceño. ¿Estaría borracha? Sólo había tomado una copa de champán y no se la había terminado. ¿Por qué se tambaleaba? ¿Por qué tenía la mirada perdida? ¿Sería la excitación sexual? Ella tenía las pupilas dilatadas y los labios separados e inflamados. Leo bajó la mirada y sonrió con tranquilidad. Los pechos pugnaban por librarse del vestido y los pezones se notaban claramente. La erección se hizo apremiante. Posó una mano en el delicioso y tentador escote y acarició con el pulgar la seda negra que reprimía el pezón. La deseaba con toda su alma y en ese momento.

–Eres... –Leo tenía la voz áspera–...tan tentadora...

Volvió a pasarle el pulgar y notó que se endurecía más. Incapaz de resistirse, la estrechó contra sí con fuerza. Quería volver a sentir la voluptuosidad de su boca...

El impacto de la mano de ella contra su mejilla lo tomó completamente desprevenido.

Anna se apartó bruscamente. El corazón se le salía del pecho. Estaba abrumaba por el pánico, el espanto y un torbellino de emociones que no reconocía.

–¿Qué demonios...?

Leo Makarios la miraba con expresión de pasmo y con una señal roja en la cara.

Anna se alejó más.

–¡Lárgate inmediatamente!

Él estaba paralizado y con todos los músculos en tensión.

–¡Me dirás a qué ha venido eso! –exclamó él.

Los ojos de Anna resplandecieron, respiraba entrecortadamente y tenía el pulso desbocado. La adrenalina le rebosaba por todos los poros.

–¿Cómo te atreves? ¿Cómo te atreves a pensar que puedes disponer de mí? ¡Lárgate!

Él ensombreció el gesto con unos ojos duros como el acero.

–Es un poco tarde para decirme eso –replicó él con una voz cargada de desprecio y los ojos entrecerrados–. No me gustan las provocaciones. No me aceptes para luego rechazarme y culparme de todo.

Anna abrió los ojos de par en par.

–¿Aceptarte? ¡Nunca te he aceptado!

–Has estado aceptándome toda la noche. Desde que me fijé en ti. Dejaste muy claro que me deseabas. Hasta hace diez segundos. No finjas ser tan ingenua –él seguía con el tono de desprecio.

Anna tomó aire con los ojos encendidos de furia.

–Qué valor... No tengo que aguantar esto de ti. ¡Búscate otra fresca para que te alegre la noche! ¿Cómo te atreves a pensar que puedes utilizarme como tu diversión para una noche?

–Perdóname, pero me dio la impresión de que estabas deseándolo –esa vez el tono fue burlón.

Los ojos de Anna echaban fuego. Cómo se alegraba de sentir esa furia ardiente.

–¡Lárgate! ¡No tengo por qué aguantar esto! No tengo por qué aguantar a hombres que creen que como soy modelo me desnudaré cuando a ellos les apetece. Vete de mi habitación antes de que te acuse de acoso sexual.

La cara de Leo parecía tallada en mármol.

–Ten mucho cuidado con lo que me dices.

–No me amenaces. No tengo que aguantar un trato así ni de ti ni de nadie, por muy repugnantemente rico que sea.

–No me dirás… –Leo volvió a emplear el tono de desprecio–…que lo dice tu contrato…

–Bueno, es una suerte que lo diga, ¿no? Con gente como tú, lo necesito.

–Basta. Ha dejado muy claro su punto de vista, señorita Delane, pero la próxima vez que quiera jugar a virtuosa ultrajada, le propongo que lo haga antes de recibir a un hombre en su dormitorio a medianoche.

Volvió a mirarla con unos ojos pétreos y llenos de desprecio y se marchó.

La puerta se cerró con un estruendo.

Leo recorrió el pasillo con una ira que había sentido muy pocas veces. En diez segundos había pasado de ser una mujer tentadora a ser una arpía. ¿Habría sido intencionado? Entrecerró los ojos. Si hubiera tenido la más mínima sensación de que todo era una treta… Daba igual, ella no merecía la pena. Le daba igual que fuera o no una de esas mujeres que encienden un fuego para luego apagarlo y así volver locos a los hombres. Que disfrutara de su virtud porque iba a ser lo único con lo que iba a disfrutar esa noche. Anna Delane podía disfrutar de su celibato y él… podría darse una ducha de agua fría.

¿Cómo iba a saber él que ella no lo quería? Estaba indignado y tenía la sensación de que lo habían vejado. No era un adolescente en celo que no sabía cuándo una mujer le respondía. Anna le había respondido muy claramente. Entonces, ¿por qué se sintió ofendida? Le daba igual la respuesta. Había perdido el interés por Anna Delane.

Capítulo 4

ANNA se tumbó en la cama. No podía sofocar la sobredosis de adrenalina. ¿Cómo había llegado a todo eso? No podía dar crédito a lo que había pasado. Daba vueltas a esa pregunta sin encontrar una respuesta. ¿Cómo había permitido que Leo Makarios le hiciera eso? Se había acercado a ella, había empezado a tocarla y ella no había hecho nada. Era penoso. Sintió un escalofrío. Había permitido que él la besara, la acariciara, como si ella fuera una... Un arrebato de ira se apoderó de ella. Ira contra Leo Makarios por colarse en su habitación y disponer de ella. Sin embargo, una ira mayor contra ella también la consumía. ¿Cómo había podido sucumbir a él de aquella manera? ¿Cómo había podido Leo derribar todas sus defensas y acabar con todos los años que había pasado quitándose a los hombres de encima? Algo en su interior le dijo que porque ella no quería quitárselo de encima, que lo deseaba con todas sus fuerzas, que quería sentir su boca en la de ella, que quería que la acariciara, que quería que la excitara....

Cerró los ojos con angustia. No podía desear a Leo Makarios. No podía desear a un hombre que había demostrado ser todo lo que ella sabía que era. Un hombre que buscaba la satisfacción inmediata y que creía que iba a permitirle que se saciara con ella.

Sintió un estremecimiento de repulsión. Hasta que, poco a poco, empezó a reponerse.

Había sido tonta, pero lo peor no había pasado. Había estado muy cerca del precipicio, pero había conseguido reunir la poca cordura que le quedaba y pararle los pies. Abrió los ojos y se quedó mirando la oscuridad. Se imaginó cómo se sentiría si se hubiera entregado plenamente a él; si ella estuviera allí tumbada y él hubiera vuelto a su fabulosa suite y la hubiera dejado tirada...

Se quedó helada. Había escapado por los pelos, pero había escapado. Ya estaba a salvo. Leo Makarios no volvería a ponerla en el borde del precipicio. Nunca.

–Levantad las manos. ¡Más! Así. ¡Arriba!

Anna levantó las manos, como hicieron las otras tres modelos. Otra vez estaban alrededor de la inmensa mesa de roble que había en el vestíbulo del castillo, pero esa vez no llevaban joyas. Metían las manos en un cuenco enorme lleno de aderezos y luego las levantaban para dejarlos caer entre los dedos.

–¡Basta! –exclamó Tonio mientras llamaba a la estilista y a su ayudante–. Ahora quiero que les pongáis joyas por los hombros, el pelo, los brazos y los pechos. Sólo apoyadas, sin atarlas. Naturalmente, deberían estar desnudas, pero... –añadió con un gesto de resentimiento.

Anna aguantó pacientemente el trabajo de la estilista. Estaba aturdida. Casi no había dormido y la maquilladora se había quejado del estado de sus ojos y su cutis. A Anna le daba igual. Sólo pensaba en una cosa: en salir de allí y volver a su casa.

Sin embargo, todavía le quedaba ese día y esa noche antes de poder marcharse. Por lo menos no había ni rastro de Leo Makarios. Se había marchado con sus invitados.

Aunque la sesión le pareció más larga que la del día anterior, por fin terminó. Anna se puso su ropa y volvió a su habitación. Vanessa había desaparecido casi al instante, al parecer Markos seguía en el castillo, y Kate lo hizo casi igual de deprisa.

–Hay un concierto en el auditorio del pueblo –le explicó Kate–. ¡El maestro Luckas me ha dado una entrada! –lo dijo como si le hubiera dado las llaves del paraíso.

–Que te diviertas.

A Anna le habría gustado añadir que, preferiblemente, no lo hiciera en la cama de Antal Luckas porque Kate era demasiado impresionable.

Anna salió detrás de Jenny, que también iba a su dormitorio.

–¡Espera! –le gritó Anna al ver que empezaba a subir las escaleras a toda velocidad.

Ella habría sido una idiota al permitir que Leo Makarios estuviera a punto de acostarse con ella, pero se había salvado por la campana. Jenny no se salvó y estaba viendo cómo se le desmoronaba toda su vida. Tenía que vender todo lo que tenía y salir huyendo. Tenía que huir para proteger al bebé que aquel hombre le arrebataría.

Ella ayudaría a Jenny como fuera, pero en ese momento necesitaba tranquilidad; que alguien le levantara el ánimo para que se olvidara de temor a que alguien descubriera su embarazo.

Anna aceleró el paso y salió al pasillo que llevaba a su dormitorio, pero Jenny ya había desaparecido. Anna se paró delante de la puerta de su amiga y se preguntó si querría tomar un té con ella.

–Jenny, ¿te apetece un té?

No recibió respuesta. Anna abrió la puerta y asomó la cabeza. Quizá Jenny estuviera en el cuarto de baño.

No. Jenny estaba sentada en la cama. Vestía pantalones, como Anna, pero en cambio llevaba un jersey ancho y con mangas largas. Por debajo de una manga estaba quitándose una pulsera de rubíes. Anna no pudo creerse lo que estaba viendo. Con un nudo en el estómago, entró en el dormitorio y cerró la puerta.

Jenny se quedó mirándola con gesto de sorpresa y de miedo. Estaba pálida como la cera.

–Jenny, ¿qué has hecho?

Jenny la miró fijamente y sin poder hablar. Anna notó que estaba tan tensa que podría quebrarse si la forzaba un poco. Se sentó al lado de ella y Jenny la miró con los ojos fuera de las órbitas.

–Sabes… Khalil quiso regalarme una pulsera de rubíes, pero la rechacé. Quiso regalarme montones de joyas, pero siempre las rechacé. Eso le enfurecía, lo sé. Él lo disimulaba, pero le enfurecía –miró la pulsera de rubíes que tenía en la palma de la mano–. Qué irónico, ¿no? Si hubiera aceptado una sola de las joyas, podría venderla y… conseguir dinero para… escapar. Pero no acepté ni una. Aunque él se empeñara.

Jenny acarició una de las piedras con el dedo.

–Pero estas joyas no son de Khalil –replicó Anna con una delicadeza máxima–. Él no te las ha dado. Yo devolveré la pulsera.

Anna fue a agarrar la pulsera y por un instante casi inapreciable notó que Jenny fue a cerrar la mano, pero los dedos, como si hicieran un esfuerzo enorme, no se movieron.

–No puedes quedártela, Jenny, sabes que no puedes.

Anna lo dijo con un tono sereno y tranquilizador. Jenny lanzó una última mirada a los rubíes y Anna tomó la pulsera. Se levantó con la cabeza dándole vueltas y casi presa del pánico, pero no podía dejarse dominar por el miedo. Aunque tampoco sabía qué hacer.

¿Cuánto tiempo tendrían antes de que descubrieran su falta? Se le encogió el estómago. Las medidas de seguridad eran draconianas. Cada vez que se sacaban las joyas por cualquier motivo, los guardias de seguridad estaban cerca. Cada objeto estaba catalogado y sus movimientos se registraban en un programa informático.

¿Cómo era posible que Jenny hubiera salido con la pulsera? No había tiempo para hacerse preguntas. Sólo podía rezar para que pudiera devolverla de alguna manera. Pero, ¿adónde tenía que devolverla? No podía decirle a Justin que había perdido una de las joyas. Se organizaría un interrogatorio y todos los dedos acabarían señalando a Jenny. Era lo que le faltaba a su amiga. Policía, jueces, la prensa, una sentencia de prisión por robo…

Sólo había una cosa segura, Leo Makarios no iba a permitir que nadie se quedara con una joya Levantsky. Anna tragó saliva. No podía asustar a Jenny. Podía notar que estaba al borde del desmoronamiento absoluto. Seguramente, ya habría pasado ese borde si se había visto impulsada a robar una pulsera de rubíes de tanto valor…

–No te muevas, Jenny –le pidió Anna con un tono tranquilo–. Quédate aquí y no abras la puerta a nadie que no sea yo. ¿Me lo prometes?

Jenny parecía en estado de shock, pero Anna, aterrada, salió del dormitorio mientras se metía la pulsera en el bolsillo del pantalón.

Leo oyó su teléfono móvil debajo del mono de esquiar mientras llegaba al final de una bajada. Casi no quedaba luz y sus invitados ya estaban quitándose los esquís y preparándose para montarse en los todoterrenos que los llevarían de vuelta al castillo.

En ese momento, Leo los detestaba. Había tenido que sonreírles y tratarlos como un perfecto anfitrión cuando estaba en el peor estado de ánimo que recordaba desde hacía mucho tiempo. Estaba de un humor de perros. Aunque no podía desahogarse. Sabía el desahogo que necesitaba, pero no iba a conseguirlo. Deseaba a esa maldita chica y no iba a tenerla.

Durante toda la noche en la que casi no había dormido, durante todo ese día desesperante en el que había tenido que hacer gala de toda su paciencia, la imagen de ella le aparecía por todos lados. La había rechazado mil veces, pero ella volvía a aparecer. Además, era algo más que una imagen. Era perceptible, eróticamente perceptible. Podía sentir su boca sedosa contra la de él, la redondez de su pecho en su mano, la protuberancia rígida bajo su pulgar, su erección contra ella...

Hizo un esfuerzo para sofocar aquellos pensamientos inútiles que lo enardecían. Se había quedado con las ganas, nada más. Había pasado un mes sin relaciones sexuales y era mucho tiempo para él. La noche anterior había sido un fiasco porque había estado a punto de saciarse sexualmente y no lo había conseguido. No le extrañaba que todo su cuerpo se quejara. Sin embargo, sabía que era algo más que una cuestión física. Si, por ejemplo, le hubiera interrumpido algún tipo de emergencia de trabajo, estaría menos furioso de lo que estaba. Lo que le alteraba no era sólo la abstinencia sexual.

Era ella, la bruja de pelo negro y ojos verdes que le había abierto todas las puertas para luego cerrárselas en un arrebato de agravio hipócrita, como si él fuera un fauno lascivo. Ella, sin embargo, lo había deseado tanto como él. Estaba derritiéndose, entregada, excitada y receptiva. Para luego acusarlo despectivamente de acoso sexual…

Notó una punzada de furia atroz. Era una mentirosa que lo rechazó cuando su cuerpo lo aceptaba. Hizo un esfuerzo titánico para pasar página. Sencillamente, se olvidaría de Anna Delane. Había muchas mujeres que no jugaban infantil e hipócritamente con el sexo. Muchas que estarían encantadas de ser sus amantes. El problema era que en ese momento no se le ocurría ninguna que le interesara lo más mínimo.

Con rabia se dio cuenta de que el móvil había vuelto a vibrar. Clavó con impaciencia los bastones en la nieve y sacó el teléfono.

–Diga –contestó gélidamente.

Cuando oyó la voz espantada de Justin se quedó él clavado en el suelo.

Anna siguió avanzando por el pasillo. Tenía las manos húmedas y todo el cuerpo en tensión. ¿Qué iba a hacer? Todavía no tenía ni idea. Tenía que hacer cualquier cosa menos conservar la pulsera ni que pudieran incriminar a Jenny. Pensó en que Jenny tendría que haberse vuelto loca para hacer algo así, pero desechó ese pensamiento. En ese momento, la prioridad era deshacerse de la pulsera.

Podría tirarla en algún sitio donde los empleados domésticos o cualquier otra persona pudieran encontrarla fácilmente. Por un instante también pensó decir que se había enganchado en la ropa de alguien que se la había llevado sin querer. Pero enseguida comprendió que no iba a colar.

De repente, Anna lo vio claro. Habían estado en una

sesión en la que las cuatro metían las manos en un cuenco para sacarlas llenas de joyas. Jenny había soltado un gemido y cuando Anna la miró, comprendió que tenía náuseas. Anna se lanzó hacia ella y al agarrarse del cuenco lo volcó derramando las joyas sobre la mesa. Algunas cayeron al suelo. Jenny, ella y otra media docena de personas se pusieron a gatas para recogerlas entre las sombras que proyectaba la mesa. Ella le había dicho a Jenny que, si iba a vomitar, pararía la sesión un rato para ir al cuarto de baño. Su amiga había negado vigorosamente con la cabeza mientras seguía buscando las joyas entre los guardias de seguridad, la estilista y el ayudante del fotógrafo. Anna recordó que Jenny fue la última en levantarse. Todos dejaron en el cuenco las joyas que habían recogido. Cuando Jenny se levantó, Anna se fijó en que tenía la cara desencajada, pero lo atribuyó a las náuseas. Se había equivocado. Había metido la pulsera en un zapato. ¿Cómo había sido capaz de semejante disparate?

Sin embargo, seguía sin ser el momento de preguntarse qué le había llevado a hacer semejante cosa. Llegó a la escalera que llevaba al piso de los invitados. Una vez allí, la escalera seguía hasta el inmenso vestíbulo. Se dio cuenta de que estaba volviendo al lugar del delito; donde la magnífica mesa de roble lucía en todo su esplendor.

Anna comprobó con espanto que dos guardias de seguridad iban de un lado a otro por cada costado de la mesa mientras investigaban minuciosamente por debajo. Entonces, oyó que un coche frenaba bruscamente y, al cabo de unos segundos, la puerta del castillo se abrió de par en par para dar paso a Leo Makarios. Llevaba ropa de esquiar. Además, Anna también se dio cuenta de que él sabía que la pulsera había desaparecido. Leo fue hasta los guardias de seguridad y bramó algo que no entendió. Los guardias negaron con la cabeza y siguieron con la búsqueda. Anna sintió vértigo. Si estaban buscando la joya allí era porque creían que había desaparecido cuando se cayó al suelo, lo cual reducía al máximo el número de sospechosos.

Se quedó mirando a Leo, que estaba en jarras con la chaqueta abierta y sin apartar la vista de los vigilantes. Su rostro era inexpresivo, pero sus ojos le helaron la sangre. Entonces, como de la nada, apareció Justin. Estaba tan pálido que Anna sintió lástima por él. Sin embargo, tampoco era el momento de sentir lástima por nadie.

Decidió que no podía seguir donde estaba, pero fue un error. El movimiento llamó la atención de Leo. Giró la cabeza justo cuando estaba terminando la perorata a Justin.

La vio al instante. Anna supo que antes moriría que permitir que le encontrara la pulsera. Se quedó petrificada, pero también hizo acopio de una entereza que no sabía que tenía. Empezó a bajar las escaleras lentamente. Como una auténtica modelo.

Observó que Leo entrecerraba los ojos. Algo brilló en ellos y Anna vaciló un segundo antes de sentir un alivio enorme. Conocía esa mirada. Si bien en otro momento la habría puesto en guardia, entonces habría dado cualquier cosa por ser el objeto de ella. Siguió bajando las escaleras con aire de inocencia absoluta. Tenía que actuar como actuaría si fuera la primera vez que veía a Leo después de lo que había pasado la noche anterior, lo cual era cierto. Por un instante abrumador, Anna tuvo unas ganas casi incontenibles de acercarse a él, sacar la pulsera del bolsillo y dársela con algún comentario ingenioso como «¿Es esto lo que estáis buscando?»

Sin embargo, eso era completamente imposible.

Acabarían acusando a Jenny cuando ella declarara su inocencia. Tenía que comportarse como si no supiera lo que estaba pasando; como si lo único que le preocupara fuera desdeñar al hombre que había estado a punto de meterse en su cama.

Llegó al pie de la escalera. Leo seguía mirándola sin mover un músculo. Justin estaba junto a él, sumiso y silencioso. Los guardias seguían buscando. Anna los miró con un gesto de curiosidad por lo que estaba viendo. Leo no le quitaba los ojos de encima con un gesto inexpresivo. Anna endureció el gesto y se olvidó de que estaba pasando de largo con la pulsera en el bolsillo. Sólo pudo ver a Leo Makarios, que había tenido el atrevimiento de colarse en su dormitorio seguro de poder darse un revolcón con ella. Sus ojos lanzaron un destello de ira y siguió su camino. Era como andar en medio de un campo de fuerzas.

–Espera –la voz de Leo sonó como el acero.

Ella se paró y lo miró sin decir nada aunque con un desprecio evidente.

–¿Adónde vas?

–Estoy en mi tiempo libre, señor Makarios, y voy a tomar el aire.

No le importó haber parecido impertinente.

–¿Sin chaqueta ni botas? ¿Al anochecer? –le preguntó él con el ceño fruncido.

–No me pasará nada en cinco minutos –contestó ella mientras se encogía de hombros.

Anna siguió avanzando hacia la puerta. Necesitó reunir la poca fuerza que tenía y todo su aplomo. Cada paso que daba era como andar sobre cristal. Le parecía que las puertas estaban a cientos de kilómetros. Si conseguía salir, se sentiría a salvo. A salvo del peligroso y mortífero Leo Makarios, además con su pulsera en el bolsillo…

No pudo evitarlo, fue involuntario, pero se pasó la mano por el muslo derecho para comprobar que la joya seguía allí. Casi había llegado a la puerta. Detrás de ella podía oír a Justin que intentaba dar todo tipo de explicaciones. Alargó la mano para alcanzar el tirador de la puerta.

–Si no le importa, espere un segundo, señorita Delane.

La voz imperativa de Leo era gélida y dura como el pedernal.

Anna se quedó helada.

Se quedó inmóvil con la mano alargada para abrir la puerta. No se dio la vuelta. No tuvo fuerzas. Oyó el retumbar de las botas que se acercaban a ella.

–Me gustaría hablar un momento con usted.

Ella volvió la cabeza desafiantemente. Sentía como un avispero en el estómago, pero sabía que tenía que mantener la calma. ¿Qué haría si fuera inocente? Sería distante.

–Diga –replicó ella casi entre dientes.

–En privado.

Anna lo miró fijamente. Le costó muchísimo, pero lo miró a los ojos. Estaban inexpresivos y eso la asustó más que si hubieran expresado odio.

–No tengo nada que hablar con usted, señor Makarios.

Él no se alteró.

–Tengo que preguntarle una cosa –él cambió el tono y ella vio ese destello fugazmente–. Puede estar tranquila porque no tiene nada que ver con ese asunto que usted quiere evitar tan claramente –Leo hizo un gesto con la mano–. Sígame.

¿Tendría que resistirse? ¿Qué parecería peor? Si se

resistía demasiado, ¿levantaría sospechas? Al fin y al cabo, él no podía saber ni hacer nada. Sólo podía hacerle preguntas que ella contestaría inocentemente.

–Muy bien –concedió ella con un tono seco.

Anna fue en la dirección que él señalaba, que era hacia una puerta que había en el otro extremo del vestíbulo y que ella no sabía adónde conducía. Se alegró de lo que había pasado la noche anterior y que justificaba la evidente tensión del momento.

Se paró ante la puerta. Leo la abrió y le cedió el paso.

Era un despacho con estanterías y una mesa muy grande con un ordenador. Anna entró y se detuvo. Luego, se dio la vuelta desafiantemente para ver a Leo que cerraba la puerta.

–Bien. ¿Qué pasa?

Anna levantó la barbilla, pero podía notar que estaba palideciendo. Leo estaba inmóvil y mirándola fijamente.

–Señorita Delane, me gustaría que se vaciara los bolsillos.

Anna casi se desmayó, pero consiguió poner un gesto de sorpresa mayúscula.

–¿Cómo dice?

–Lo que ha oído. Vacíese los bolsillos.

–¡Ni hablar! –exclamó ella con indignación–. ¿Qué es todo esto?

–Se ha puesto pálida, señorita Delane. Me pregunto por qué.

Él tenía los ojos clavados en ella como dos puñales, pero ella tenía que mantener su aire ofendido.

–Porque no quiero estar con usted. ¿No le parece evidente, señor Makarios?

–¿Evidente o conveniente?

–¿Qué…?

–Por favor, vacíese los bolsillos.

–No lo haré. No sé qué se propone.

–Hágalo.

–¿Cómo se atreve a acosarme de esta manera...? –le preguntó Anna con dureza.

La cara de Leo Makarios se oscureció como un trueno y dio un golpe en la mesa.

–¡No emplee esa palabra! –Leo tomó aire–. Muy bien, si no quiere vaciarse los bolsillos, no lo haga –descolgó el teléfono–. La policía la cacheará.

–¿La policía? –Anna puso un tono de perplejidad absoluta–. ¿Se ha vuelto loco? ¡Ya he oído bastante!

Se dio la vuelta para ir hasta la puerta, pero estaba cerrada con llave. Intentó abrirla una y otra vez con desesperación. Ya no sabía si seguía representando el papel de alguien inocente o se había dejado llevar por unas ganas irreprimibles de salir corriendo.

–¡Abra!

Anna oyó unos pasos y notó que Leo estaba justo detrás.

–Naturalmente –dijo él amablemente mientras pasaba un brazo alrededor de ella para abrir.

Sin embargo, metió la otra mano en el bolsillo del pantalón y la sacó con la pulsera.

Leo dio un paso atrás y Anna se quedó paralizada un instante antes de darse la vuelta y apoyarse contra la puerta. Como una gacela acorralada por un leopardo.

Leo Makarios estaba quieto y con la mano abierta. No dijo nada, se limitó a mirarla a los ojos como si estuviera crucificándola.

–Vaya, vaya –esas dos palabras fueron como dos gotas de ácido en la piel de Anna–. La virtuosa señorita Delane, que no permite que le fotografíen los pechos nacarados y que se siente ultrajada si un hombre la acaricia, ha resultado ser una ladrona.

Anna no podía moverse ni pensar. Sólo se sentía dominada por un espanto paralizante. Lo miró mientras él iba a la mesa y dejaba la pulsera. Luego, Leo se volvió. Su rostro expresaba tal ira que Anna pensó que iba a fulminarla. Entonces, con un esfuerzo enorme, él volvió a poner el rostro inexpresivo.

Anna notaba la puerta a su espalda. No podía huir. La había pillado con un objeto robado, con una pulsera de rubíes que valía una fortuna. La única forma de limpiar su nombre sería incriminar a Jenny, pero no podía hacerlo, pasara lo que pasase. Sin embargo, sintió un miedo atroz. Estaba muy bien tomar esa decisión, pero si ella cargaba con la culpa del robo, las sirenas de la policía sonarían por ella, las puertas de la cárcel se abrirían para ella y su carrera profesional acabaría de mala manera.

Leo se limitaba a mirarla.

–¿Qué hago con usted? Mi instinto me dice que la entregue a la policía para ver cómo la encierran entre rejas. Aun así…

Leo hizo una pausa sin dejar de mirarla inexpresivamente.

–¿Qué sentido tiene mezclar a la policía? –consiguió preguntar Anna–. Ha recuperado la pulsera. No ha pasado nada.

Anna hablaba por Jenny. Jenny había actuado movida por la necesidad, no por la codicia. Había sido un impulso fruto de la desesperación. Anna percibió que a él le cambiaba el gesto.

–Me ha robado y, ¿cree que no ha pasado nada? –el tono era punzante como una daga.

–Bueno, ¿qué ha pasado?

Anna supo instintivamente que tenía que disimular el miedo. Eso sólo evidenciaría su vulnerabilidad y no podía demostrársela a Leo Makarios.

–Además, no creo que le apetezca la publicidad que supondría la llegada de la policía. Usted debería estar sacando una publicidad positiva del lanzamiento y este incidente haría que sus medidas de seguridad parecieran lamentables.

Mientras hablaba deseaba no haber abierto la boca. Algo había vuelto a cambiar en la expresión de Leo y ella sentía un estremecimiento por toda la espina dorsal.

Él levantó la pulsera entre los dedos y apoyó las caderas en el borde de la mesa.

–Es muy astuta, señorita Delane. Naturalmente, prefiero que este incidente no se haga… público. Por eso –Leo la miró penetrantemente–, estoy dispuesto a que usted… repare su delito… privadamente en vez de hacerlo a costa del contribuyente.

Anna notó un vacío en el estómago.

–¿Qué… quiere decir?

–Digamos… –contestó él con un tono que le puso los pelos de punta a Anna–…que le doy una alternativa. Puedo entregarle a la policía o mantenerla bajo mi custodia personal hasta que considere que ha hecho suficiente… penitencia –clavó los ojos en ella–. ¿Qué elige?

Ella tragó saliva. El corazón le latía como una locomotora.

–¿Qué quiere decir? –preguntó ella con un hilo de voz.

Leo Makarios sonrió como un lobo que tenía a su presa entre las garras.

–Creo que ya lo sabe, señorita Delane.

Leo la miró y dejó muy claro lo que tenía pensado como reparación. Ella sintió otro estremecimiento. Era repulsivo.

–¡No! –la palabra brotó por mero instinto de supervivencia.

–¿No? –él arqueó una ceja–. ¿Está segura, señorita Delane? ¿Alguna vez ha estado en la cárcel? –lo preguntó con tono despreocupado, pero fue como un hachazo–. Es una mujer muy atractiva. Estoy seguro de que no lo es sólo para los hombres. En la cárcel, por ejemplo, habrá internas que…

–¡No! –esa vez lo dijo por miedo en estado puro.

Por un instante, los ojos de Leo Makarios traslucieron algo que no encajaba con el sarcasmo anterior, pero pronto volvieron a reflejar la frialdad de siempre.

–¿No? Entonces, dada su elección, ¿le importaría…?

–¿Elección? –Anna tenía el rostro desencajado–. No me da elección.

–¿Cree que se la merece? ¡Es una ladrona! ¿Ha tenido la osadía, la estupidez, de pensar que podría robarme impunemente? –la miró como si quisiera pulverizarla allí mismo.

Leo soltó una palabra en griego. Volvió a descolgar el teléfono y marcó un número.

–*Polizei*…

Anna se abalanzó hacia él.

–¡No, por favor! No… llame a la policía.

La voz estaba cargada de pánico. No podía llamar a la policía. Investigarían el robo y Jenny acabaría confesando. Estaba segura de que lo haría. Las consecuencias serían inimaginables. Todo saltaría a la prensa y se revelaría el estado de Jenny. Cuando lo hiciera, Jenny perdería la libertad y a su hijo. Anna no podía permitirlo.

Como a cámara lenta, Anna vio que Leo colgaba el teléfono.

–Necesito saber… exactamente, qué significaría si acepto… la reparación que usted propone… Quiero decir… ¿Cuánto tiempo duraría?

Leo volvía a mirarla con esa expresión gélida.

–¿Cuánto tiempo? –repitió él con voz sedosa–. Hasta que haya obtenido todo lo que quiero de usted, señorita Delane o hasta que me haya satisfecho lo suficiente como para darle la libertad condicional. ¿Le parece suficientemente preciso o prefiere que le puntualice exactamente cómo creo que puede ganarse esa libertad?

Anna podía notar que estaba provocándola para que estallara y le dijera que le repugnaba. Ella estaba deseándolo, pero sólo podía tragarse todo lo que él le decía.

–Si... –Anna tragó saliva–. Si acepto... ¿no dirá nada a la policía ni... a la prensa? ¿Sólo lo sabrá usted?

Él hizo una mueca despectiva.

–Nadie sabrá que es una ladrona. ¿Se refiere a eso?

–Sí.

Ella lo miró fijamente. Era fundamental que declarara eso. Tenía que mantener a Jenny al margen. Si ella pudiera decirle a Jenny que había devuelto la pulsera sin que nadie se enterara, podría haber salvado a su amiga. Sin embargo, ¿qué otras cosas tendría que decirle a Jenny? Ya lo pensaría más tarde. No cuando Leo Makarios la miraba con un desprecio que la habría sonrojado si tuviera el motivo para mirarla así que él creía tener.

No lo tenía y por eso ella levantó la barbilla y lo miró desafiantemente. Se negó a sentirse humillada. No le importó lo que él pensara de ella. Ella sabía muy bien lo que pensaba de él. Era un hombre que había irrumpido en su dormitorio convencido de que ella caería rendida a... No podía volver a pensar en eso. Si volvía a pensarlo, quizá prefiriera que Leo Makarios llamara a la policía. Era como sentirse aprisionada entre dos paredes que se cerraban. Consiguió resistirlas.

No podía derrumbarse. Tenía que seguir lo que había empezado.

Mantuvo el aire altivo. Sabía que lo enfurecía y eso le complacía con cierta perversidad. También sabía que era irracional enfurecer más a un hombre cargado de razón. Además, algo dentro de ella le decía que era injusto.

Sin embargo, la razón no se impuso. La ira de Leo Makarios hacía que se sintiera a salvo; más a salvo que si él pudiera sentirse libre de considerarla cualquier cosa.

Anna seguía con la espalda pegada a la puerta y con esos ojos almendrados y duros como el pedernal clavados en ella. Entonces, una sensación de incredulidad aplastante se apoderó de ella. ¿Qué había hecho? Esas palabras retumbaron en su cabeza como disparos mortíferos. Sin embargo, ya era demasiado tarde. Había cargado con el delito de Jenny y tenía que sobrellevarlo.

Sabía que la única forma de sobrellevarlo era no pensar en él. Abrió un paréntesis. Sólo podía pensar en ese instante.

–Bueno –dijo ella con un tono despreocupado que la maravilló–. Entonces, ¿qué va a pasar ahora?

Anna se apartó de la puerta, se metió las manos en los bolsillos y lo miró con descaro. Una vez más esa actitud lo sacó de sus casillas.

–Lo que pasa ahora, señorita Delane –bramó él–, es que va a desaparecer de mi vista antes de que la meta entre rejas, donde tiene que estar una ladrona como usted. ¡Lárguese!

Los ojos de Leo reflejaban el mismo hermetismo que su rostro. Sentía una ira que lo abrasaba hasta el tuétano. ¿Cómo se atrevía ella a pensar que podía robarlo?

Conocía la palabra sinvergüenza, pero nunca había captado todo su sentido. Podía recordar perfectamente cómo había ido ella hasta la puerta del castillo, con esa elegancia de modelo al margen de todo lo que pasaba a su alrededor. Sin embargo, se delató. Ese gesto nimio e instintivo de tocarse el bolsillo… Supo al instante que ella era la ladrona. Ya había echado una bronca a Justin y al jefe de seguridad por lo que había pasado esa tarde. Era evidente que el robo se había cometido en ese momento y que los únicos sospechosos habían estado suficientemente cerca de las joyas para llevarse una.

Anna Delane había derramado las joyas y también fue la primera en agacharse para recogerlas. Todos los dedos la señalaban.

Sin embargo, una investigación habría sido un asunto engorroso. La pulsera podría haber estado en cualquier sitio del castillo. Incluso, podrían habérsela llevado fuera. Podría haber estado a miles de kilómetros en manos desconocidas. Habría sido infructuoso registrar las habitaciones de todos los sospechosos.

Aun así, ¡Anna Delane había tenido la osadía de creer que podría pasar por delante de sus narices con la pulsera en su bolsillo! La ira volvió a apoderarse de él. Entrecerró los ojos. ¿Se habría vuelto loco al dejarla marchar? ¿No estaría loco por no descolgar el teléfono en ese instante para llamar a la policía? Sin embargo, la muy malvada lo había hecho muy bien. Le había tocado su punto más débil: evitar cualquier mancha pública en el lanzamiento de las joyas Levantsky. Leo aplacó su ira. Había hecho lo que tenía que hacer; nada de policía ni de prensa ni de juicios.

Anna lo compensaría con creces. ¿No quería acostarse con él? ¿Se consideraba demasiado virtuosa para sus apetencias? Esbozó una sonrisa perversa. La tendría a sus pies antes de que él se diera por satisfecho.

Capítulo 5

ANNA estaba sentada en el asiento de primera clase mirando una revista de moda. Al lado de ella, separado por una bandeja, estaba Leo Makarios. Él trabajaba con su ordenador portátil sin hacerle caso. Aunque no le había hecho casi ningún caso desde que ella había salido de su despacho cargando con la culpa de un delito que no había cometido. No había tenido otra alternativa. Anna se había repetido esas palabras una y otra vez, como una letanía. Tenía que sobrellevar lo que Leo Makarios quisiera. Tenía que hacerlo por Jenny. Aunque le espantara.

La única forma de seguir adelante era no pensar en ello porque si lo pensaba un solo instante… Tenía que limitarse a hacer lo que tenía que hacer.

Empezó la noche anterior, cuando salió del despacho de Leo con la palabra ladrona como una losa sobre ella y fue a ver a Jenny. Fue a su dormitorio y le dijo que había dejado la pulsera debajo de la mesa, oculta entre las sombras.

–Pensarán que no la habían visto –le dijo a su amiga.

–Debí haberme vuelto loca –replicó Jenny con alivio antes de echarse a llorar.

Dar la cara por Jenny había acabado con todas las fuerzas de Anna, a lo que se añadió la noche que le quedó por delante.

Fue un baile de gala con fuegos artificiales en el

que las cuatro modelos bajaron las escaleras por última vez con las joyas Levantsky y entre el aplauso de todos los asistentes. Anna lo aguantó con profesionalidad. Sólo se libró de tener que bailar el vals con Leo Makarios. En realidad, no lo tuvo cerca en ningún momento. Si la noche anterior él no se había separado de ella ni un instante, esa vez hizo todo lo contrario. No bailó con ninguna de las modelos y se reservó para las invitadas más importantes.

Anna lo agradeció y, sobre todo, le agradeció al amable empresario alemán que fuera tan atento con ella. Estuvo con él toda la noche.

Cuando el baile terminó, a altas horas de la madrugada, Anna se fue corriendo a su dormitorio y cerró la puerta con pestillo. Si Leo quería colarse, tendría que tirar la puerta. Él, sin embargo, le tenía reservados otros planes, como comprobó ella esa mañana después de casi no dormir en toda la noche.

Estaba haciendo el equipaje cuando llamaron a la puerta. Era Justin que le informó afectadamente de un nuevo cometido.

–El señor Makarios le ha ampliado generosamente su contrato. Ya está arreglado con la agencia. Se marchará dentro de una hora. Por favor, no se retrase.

Anna se preguntó adónde la llevaría. En ese momento, cuatro horas después, ya lo sabía.

Volaba hacia el Caribe con Leo Makarios en el asiento de al lado; para acostarse con él tantas veces como él quisiera. Sintió náuseas.

Anna se agarró de la correa que había encima de la puerta mientras el coche daba saltos por la bacheada carretera de la isla. Estaba machacada. Leo Makarios, en el asiento delantero, iba charlando con el conductor y ella se alegró de que siguiera sin hacerle caso. Era de noche. Ya había estado en el Caribe por trabajo, pero nunca en esa isla concreta. Por lo menos, había conseguido convencer a Jenny de que sólo era un trabajo extra que Leo quería hacer en un ambiente subtropical. Las dos sabían que los hombres ricos eran caprichosos y que esperaban que los demás hicieran lo que ellos querían.

En cuanto a Jenny, Anna había hablado con una pareja amiga de las dos que la recogerían en el aeropuerto de Londres. Esa pareja tenía una casa de campo en Escocia y le habían prometido que la llevarían allí hasta que ella volviera. Anna prefería no pensar cuándo sería. Como seguía sin pensar cuando llegaron a una villa enorme. Al bajarse, el aire acondicionado del coche dio paso al calor de la noche. Se quedó parada un instante para asimilar los ruidos y olores del Caribe.

Luego, siguió a Leo Makarios y entró en un vestíbulo de techos muy altos y fresco por el aire acondicionado. La luz la deslumbró, pero pudo ver el suelo de mármol, los ventiladores que giraban perezosamente sobre su cabeza, las contraventanas de madera y los muebles de bambú.

Leo Makarios había desaparecido. En su lugar, una mujer madura se acercó a ella.

–Acompáñeme, por favor –le pidió ella con gesto muy educado.

Anna la siguió y captó la forma de andar elegante y natural de aquella mujer; una forma de andar indolente y decidida a la vez. Por contraste, le pareció que ella arrastraba el cuerpo por el agotamiento. En ese momento, sólo quería dormir.

Llegó a una habitación grande, con techos altos de madera, una cama enorme de caoba con cuatro columnas y un mosquitero. Allí también, aunque había aire acondicionado, un ventilador giraba perezosamente en el techo.

–¿Quiere algún refresco? –le preguntó la señora.

Anna negó con la cabeza en el momento en que un empleado entró con su equipaje.

–Gracias, voy a dormir.

La mujer asintió con la cabeza, dijo algo al empleado en el idioma local y los dos se marcharon. Anna miró alrededor con la vista nublada. Sus ojos se clavaron inmediatamente en la cama. Era suficientemente grande para dos personas. Aunque el señor Makarios tendría que esperar a otra ocasión. Cinco minutos más tarde, estaba profundamente dormida.

Leo estaba en el mirador de su cuarto. Media luna se reflejaba en la bahía bordeada de palmeras que se extendía delante de la villa. Había comprado esa casa hacía cinco años, pero ¿cuántas veces había ido? No las suficientes. Era como si la vida le pasara por delante cada vez más deprisa. Había hecho muy pocas cosas y le quedaban muchas por hacer. Frunció el ceño. Toda su vida había consistido en ganar dinero y gastarlo. Aunque siempre había sabido que estaba destinado para eso; para seguir con la obra que había empezado su abuelo, para reconstruir la fortuna que los Makarios habían perdido cuando expulsaron a Grecia de Asia Menor en la década de 1920.

Todavía podía oír la voz áspera de su abuelo que se grabó en su cabeza cuando era un niño.

–¡No nos queda nada! ¡Nada! Esos turcos se lo han llevado todo, pero lo recuperaremos todo, ¡todo!

Reconstruir la fortuna de los Makarios había ocupado la vida de su abuelo, de su padre y la suya. Makarios Coporation tenía intereses inmobiliarios, navieros, financieros y, la reciente aportación de Leo, en el mundo más exclusivo de los objetos de lujo: la joyería histórica, la recuperación de un nombre que era sinónimo de la grandiosidad zarista.

Esa brisa cálida y ese olor tan delicado hicieron que pensara que quién necesitaba diamantes y esmeraldas en una noche como aquélla. ¿Para qué servían en una playa al borde de un mar de plata? ¿Para qué servían en general? «Sólo son cristales de carbón. Hay muchos cristales igual de bonitos», le había dicho Anna Delane para despreciar las joyas Levantsky.

Leo endureció el gesto. Era una hipócrita. No se había quedado con una pulsera de rubíes porque fuera bonita sino porque valía una fortuna.

Había sido un error pensar en ella. Llevaba veinticuatro horas borrándola de su cabeza constantemente. Se negó a pensar en ella incluso cuando la tuvo sentada en el asiento de al lado. Mucho menos la miró ni la habló ni hizo nada que reconociera su existencia. Pero en ese momento, lamentablemente, le había aparecido claramente en su cabeza.

El deseo se apoderó de él implacablemente. Se agarró con fuerza a la balaustrada de madera. No era el momento. Lo prioritario era dormir, para él y para ella. Cuando la hiciera suya no sería al borde del agotamiento, sino en plenitud de facultades. Necesitaría toda la noche para disfrutar de ella plenamente. Lo haría todas las noches. Empezaría al día siguiente. ¿Cuánto tiempo tardaría en cansarse de ella? Esbozó una sonrisa forzada. Mucho menos del que necesitaría ella para cansarse de él. Lo comprobaría pronto.

Anna caminaba por la orilla de la playa. Era una de esas playas de arena blanca y flanqueadas por palmeras que aparecen en los folletos para que todo el mundo tenga ganas de ir inmediatamente. Sin embargo, esa playa era para ella sola. Pertenecía a la maravillosa villa que se extendía por la costa y esa villa pertenecía a Leo Makarios.

Anna podía entender por qué la había comprado. Era, sencillamente, idílica. Tenía el tejado de tejas verdes y las paredes blancas rodeadas por una balconada.

Anna se paró para mirar al mar. El sol estaba empezando a ponerse y unos rayos dorados teñían al mar azul. Miró el reloj. En esas latitudes, el sol se ponía muy deprisa y la noche caería como un manto de terciopelo. Con la noche llegaría Leo Makarios.

No había sabido nada de él durante todo el día. Se había levantado bien entrada la mañana. Desayunó en el mirador de su dormitorio y al mirar hacia la maravillosa vista que tenía delante, sintió la punzada burlona de la situación. Estaba en un paraíso caribeño, pero esa noche se acostaría a sangre fría con un hombre con el que no quería acostarse; un hombre que la consideraba una ladrona; un hombre al que había expulsado de su dormitorio, pero al que ya no podría volver a expulsar. Era sexo premeditado y a sangre fría. Se lo repitió otra vez porque eso era lo que iba a pasar.

Repentinamente, se sintió dominada por el pánico. No podía hacerlo. ¡No podía!

Tenía que decirle la verdad. Tenía que decirle que lo había hecho porque Jenny estaba embarazada y aterrada; que había tenido una aventura con un hombre tan peligroso que el temible Leo Makarios parecía un santo a su lado.

Notó un frío helador en las entrañas. Por mucho que lo quisiera, no podía decirle la verdad a Leo. Era demasiado arriesgado. Ella, como mujer, se ponía automáticamente del lado de Jenny, pero ¿qué pensaría un hombre rico y poderoso como él? Su actitud hacia las mujeres era espantosa, ella lo había comprobado. ¿Por qué iba a pensar que Jenny merecía compasión? Después de haber oído lo que había dicho sobre Vanessa para defender a su primo, seguramente creería que Jenny se había quedado embarazada intencionadamente para cazar a un hombre rico y que un hombre atrapado de esa manera tenía derecho a quedarse con su hijo, sobre todo cuando la mujer había demostrado ser tan inmoral que había robado... En fin, nunca lo entendería. No podía arriesgarse y eso significaba que no podía decirle a Leo por qué había cargado con la culpa del robo de los rubíes. Eso, a su vez, significaba que tendría que pasar por lo que Leo Makarios quisiera.

Se quedó con la mirada perdida. En Austria le había parecido irreal; había estado conmocionada. Hizo un esfuerzo mental para reprimir el pánico que se abría paso dentro de ella. Allí, después de pasar todo el día sola, la realidad de lo que la esperaba era trastornadora. Sintió asco. Pensó en la dignidad. Era un concepto que mucha gente desconocía en el mundo en el que se movía. Había hombres que trataban los cuerpos de la mujeres como mercancías y mujeres que hacían lo mismo con los hombres. Podría nombrar un montón de modelos que habrían estado encantadas de que Leo Makarios les hiciera la oferta que le había hecho a ella. Anna no era una de ellas.

Algo en su interior le recordó que lo sería. Leo Makarios la reduciría exactamente a eso. Le quitaría hasta el último rastro de dignidad a la vez que le quitaba la ropa.

Aunque eso era verdad, no podía sacrificar el futuro de Jenny por salvar su dignidad. Al fin y al cabo, si hubiera tenido que elegir entre Jenny y la cárcel, ¿la habría defendido a cambio de pasar unos años entre rejas?

Sólo tenía que sobrellevar unos días con sus noches. Entonces, ¿por qué le daba tantas vueltas a la oferta de Leo Makarios? Anna intentó quitarse ese pensamiento de la cabeza en cuanto lo formuló. Leo Makarios era peligroso. Lo pensó en el preciso momento que lo vio y lo había confirmado cada vez que había estado con él. Sobre todo, cuando él se coló en su dormitorio...

Los recuerdos la arrastraron como una marea y se encontró allí, en brazos de Leo que la besaba y la acariciaba con una sensualidad que la había abrumado y que ella no había podido resistir. Hasta que lo apartó de ella gracias a una fuerza que no sabía de dónde había sacado. Anna cerró los ojos para borrar esos recuerdos. ¿Dignidad? La palabra se le clavó con toda la fuerza del sarcasmo. No iba a sacrificar su dignidad por acostarse premeditadamente y a sangre fría con Leo Makarios, iba a perderla por un motivo mucho peor.

Se dio la vuelta bruscamente y se dirigió hacia la casa en medio de la penumbra subtropical. Ya no podía escapar, pero sí podía cerciorarse de que sólo sería sexo premeditado y a sangre fría. Nada más que eso.

–¿Más champán?

–No, gracias.

–¿Salmón ahumado?

–No, gracias.

–¿Caviar?

–No, gracias.

–Como quiera.

La voz de Leo tenía cierto tono burlón. Él se dejó caer contra el respaldo de la butaca de rafia. Desde la terraza podían ver los jardines que daban a la playa. Era una escena preciosa y la mujer que tenía sentada enfrente de él la complementaba perfectamente. La miró detenidamente mientras ella se mantenía muy erguida sin apartar los ojos del mar. Llevaba un conjunto de seda verde con mangas largas y cuello alto. Cuando había cruzado la terraza, con el pelo recogido en un moño y sin rastro de maquillaje, Leo captó perfectamente el mensaje: no hacía nada por parecer atractiva. Aunque no lo consiguió. Anna Delane sería atractiva hasta vestida con un saco. Su cuerpo, de miembros largos, tenía una elegancia que no podía disimularse y los huesos de su cara se habían dispuesto con una armonía tal, que el maquillaje o el peinado daban igual. Tenía un atractivo que no podía eliminar. Aunque hiciera todo lo posible por parecer malencarada, como hacía en ese momento.

Leo dio un sorbo de champán y siguió mirándola. Una sombra de rabia se abrió paso en su interior. Era como una obra de arte; sentada tiesa como una tabla y absolutamente hostil. La había pillado con las manos en la masa, pero ¿estaba avergonzada o arrepentida? Evidentemente, no sabía el significado de esas palabras.

Dio otro sorbo de champán y sofocó la rabia. Anna Delane tenía el destino escrito y decía que esa noche la pasaría en su cama. Iba a disfrutar hasta de la última gota de esa mujer, pero el placer mayor sería lo mucho que iba a disfrutar ella; por muy hiriente que le resultara. Alargó una mano y tomó más caviar con la cuchara.

Anna, aturdida, pinchó un poco de pescado con el tenedor. Sabía que era delicioso, pero no lo apreciaba. No apreciaba nada. No quería hacerlo. Comía pescado y ensalada como un autómata sin voluntad ni sentimientos y sin mirar al hombre que tenía enfrente.

Él ya había abandonado cualquier intento de hablar con ella y ella se alegraba. Eso le permitía tener la mente en blanco. Tenía mucha práctica, era como salir a la pasarela, inexpresiva, como un cuerpo para presentar ropa, sin voluntad propia. Dejó el tenedor y dio un mínimo sorbo de champán. Se había planteado emborracharse, pero lo había desechado. El alcohol le bajaba la guardia y la debilitaba. Eso era muy peligroso. Lo había comprobado esa noche cuando había salido a la terraza y había vuelto a ver a Leo Makarios. Había sentido una descarga de una intensidad aterradora. Una descarga que no tenía nada que ver con que él la considerara una ladrona y mucho que ver con el súbito aceleramiento del pulso y con una oleada de sensaciones que habían hecho que le temblaran las rodillas.

Cuando vio a Leo esperándola, estuvo a punto de darse la vuelta y salir corriendo. Sin embargo, se acorazó, borró toda expresión de su cara y todo sentimiento de su cabeza y se sentó para mirar el mar. No podía mirar a Leo Makarios, que estaba elegantemente repantigado en la butaca con el cuello de la camisa abierto que mostraba la sólida columna de su garganta, con los puños de la camisa levantados que dejaban al descubierto la esbelta fortaleza de sus muñecas y sus manos y la delicada tela que resaltaba la amplitud de su pecho.

Sobre todo, no podía mirar su cara; la boca sensual y grande, los ojos con esas pestañas tupidas, unos ojos que la abrumaban.

Hizo un esfuerzo sobrehumano para permanecer impasible aunque las entrañas le abrasaran. Rezó para poder sobrellevar esa tortura, aunque no podía expresar con palabras para qué rezaba.

La cena empezó a parecerle eterna. No quiso postre, se conformó con un poco de mango y agua mineral. Parecía como si Leo no tuviera ninguna prisa. Había comido tranquilamente un primer y un segundo plato y, además, se había preparado una tabla de quesos. Luego, había vuelto a dejarse caer sobre el respaldo de la butaca con una copa de brandy en la mano y una taza de café en la mesa.

–Dígame una cosa –dijo él repentinamente con un tono despreocupado–, ¿por qué robó la pulsera?

Anna volvió la cabeza y lo miró con expresión de ligera sorpresa. La pregunta le pareció insólita.

–No es de su incumbencia.

Leo la miró fijamente por unos segundos, como si no se creyera lo que acababa de oír. Entonces, soltó una carcajada, una carcajada de incredulidad sin el más mínimo rastro de humor.

–Realmente es única –replicó él lentamente con los ojos ligeramente entrecerrados–. ¿No va a decirme que lo hizo para pagar la operación de su abuela enferma o algo así?

–No –contestó ella lacónicamente aunque por dentro estaba alterada.

Anna pensó que gracias a Dios ni Jenny ni ella se habían puesto a merced de su compasión; su ironía acababa de demostrarle cómo habría recibido sus súplicas. Sólo había una salida y era la que Leo le había ofrecido en su despacho. Ya sólo esperaba que todo pasara lo antes posible.

–¿A qué viene este interrogatorio? –estalló ella con la voz cargada de tensión–. Me dio la alternativa de la policía o usted. Aquí estoy. ¿A qué está esperando? Ya ha cenado. ¡Adelante! ¡Termine de una vez!

Él se quedó mirándola con una expresión indescifrable. Entonces, dejó la copa de brandy y se levantó bruscamente.

–Muy bien, señorita Delane, empecemos con el desagravio.

Ella no pudo estar segura de si lo había dicho con

cierto tono burlón, pero le daba igual. Ya no tendría que esperar más con tanta tensión. Iba a acostarse con Leo Makarios.

Anna se levantó con mucho cuidado. Parecía como si tuviera el corazón aturdido, como toda ella. Lo mejor era alegrarse. Sólo tenía que mantener la clama, dejar que él tomara lo que quisiera. Luego, todo habría terminado. Al menos por el momento.

Al día siguiente tendría que volver a pasar por eso, pero ya pensaría en eso cuando llegara la ocasión. Por el momento, tenía que ocuparse de sobrellevar esa noche.

Entró en la villa por delante de él, pero Leo la condujo por un pequeño tramo de escaleras hasta una habitación que, evidentemente, era la suya. Ella se quedó un instante en medio del cuarto si saber qué hacer. También tenía una cama muy grande, pero no tenía cuatro columnas ni el mosquitero. El aire acondicionado estaba encendido, pero no hacía tanto frío como en su dormitorio. Unas lamparillas a ambos lados de la cama daban la única luz de la habitación.

–Espere aquí.

Ella obedeció. Leo Makarios desapareció en el cuarto de baño y ella oyó un chorro de agua. Tenía la mente vacía. No podía pensar ni sentir. Estaba en el dormitorio de Leo Makarios mientras esperaba a que él saliera del cuarto de baño para acostarse con ella. Era imposible, era ultrajante, pero estaba sucediendo. Ella debería sentir algo, pero no sentía absolutamente nada. Sólo notaba los latidos atronadores de su corazón y la firmeza de su mandíbula le decía que, aunque tenía la mente aturdida, su cuerpo había asimilado la ansiedad, la tensión mental por lo que iba a pasar. Siguió de pie. Sin mirar ni pensar ni sentir. Completamente sobrecogida.

La puerta del cuarto de baño se abrió y Leo Makarios apareció con un albornoz que le llegaba por las rodillas. La blancura de albornoz hacía que su cuerpo pareciera más moreno con esa luz tan tenue.

Anna notó algo que le puso la carne de gallina. Lo miró mientras él, casi sin mirarla, fue hasta la cama, quitó la colcha y se tumbó recostado contra las almohadas con las piernas, largas y desnudas, sobre las blancas sábanas.

Leo clavó los ojos en ella. El tiempo se paró. Él tenía los ojos oscuros e indescifrables y la cara inalterable. Sin embargo, sus ojos reflejaban algo que la alteraron más todavía.

Notó una presión por dentro y por fuera; en toda la habitación, en el espacio que los separaba. El silencio era sepulcral.

–Ven –dijo él de repente con un tono delicado.

Durante una milésima de segundo, que a ella le pareció eterna, Anna no se movió. Estaba paralizada. Algo en su interior le decía que saliera corriendo, que gritara, que gritara que aquel hombre tumbado en la cama como si esperara a que su esclava lo saciara quería abusar sexualmente de ella. Sin embargo, todo se disipó. Si hacía caso, Jenny estaría perdida.

Lentamente, como una marioneta, Anna se acercó a él. Se quedó al lado de la cama sin sentir nada. Sumisa. Leo seguía mirándola con la cabeza apoyada en el cabecero de la cama. Sus ojos tenían algo que hacía que ella tuviera la sensación de que le habían aplicado una corriente con un voltaje muy alto. Notó que se le aceleraba la respiración e intentó contenerla.

Él la miró de arriba abajo. El corazón empezó a aporrearle el pecho y las venas se le dilataron.

–Anna Delane –dijo él con susurro lento y sensual–, no sabes cuánto voy a disfrutar de esto.

Leo tenía los ojos rebosantes de deseo. Alargó una mano y tomó la de ella, que estaba inerte. Ella se sentó en el borde de la cama y lo miró con los ojos vacíos. Era como una muñeca.

Él, lentamente y sin dejar de mirarla, le quitó las horquillas de pelo. La melena negra cayó como una cascada sobre sus hombros y la seda verde.

–Pareces una virgen que va al sacrificio –Leo le acarició el pelo–, que me entrega su virtud; pura, inmaculada, inocente.

Algo cambió en lo más profundo de aquellos ojos. Se endurecieron. Como su voz.

–Qué engañosas pueden ser las apariencias.

Ella no reaccionó. No dijo nada. Se limitó a seguir sentada mientras él acariciaba su pelo con unos dedos largos y sensuales. Sentía el cuerpo como si fuera de mármol; inmóvil e insensible. Como tenía que mantenerlo. No podía sentir los dedos en el pelo, no podía sentir los estremecimientos que pasaban de su cabeza a cada rincón de su cuerpo. Tenía que recordar que era una marioneta insensible.

Entonces, los dedos de Leo dejaron el pelo y le acariciaron, lenta y sensualmente, la nuca. Súbitamente, como si hubiera surgido de la nada, ella notó una oleada de sensaciones por todo el cuerpo. Intentó sofocarla y acordarse de por qué estaba allí. Era una muñeca que Leo Makarios podía tocar, que ella se lo permitiría porque tenía que hacerlo. Sin embargo, no pudo. No pudo contener el estremecimiento que la dominaba mientras él tocaba su piel. Cerró los ojos mientras los dedos de Leo se cerraban lentamente alrededor de su nuca. La atrajo hacia sí. Ella no se resistió. También permitió que él le rozara los labios con los suyos, que introdujera la lengua y empezara a acariciarla; permitió que él le quitara el top de seda verde, que la tumbara sobre él, sin sujetador, con los pechos desnudos sobre la felpa del albornoz; permitió que él introdujera las manos por debajo de la cinturilla de los pantalones, que tomaran su trasero en ellas. Incluso cuando él empezó a bajarle el pantalón, ella se lo permitió, lo deseó. Anna le permitió que siguiera besándola, que le recorriera el cuerpo con su boca, que colocara la dureza de su virilidad entre sus piernas, que le acariciara un pecho con la palma de la mano, lenta y rítmicamente, mientras el pezón se erguía por el contacto.

Ella permaneció allí, atravesada encima de él. Con una mano la sujetaba de la nuca, con la otra le acariciaba el pecho, con la boca besaba la de ella, con los poderosos muslos debajo de ella y con su erección pétrea y voraz.

Ella carecía de voluntad, estaba totalmente entregada a las sensaciones que él despertaba en ella con sus caricias. Un fuego lento empezó a dominarla. Una palpitación ardiente empezaba a disolverla por dentro. Notó que se movía, que se estrechaba contra el cuerpo de él. Notó sus caderas firmes y su pecho liso y musculoso. Notó que su boca empezaba a besar la de él, que buscaba su lengua. Notó el anhelo en lo más profundo de su ser. Notó que sus manos se cerraban sobre sus hombros tallados en bronce, que se deleitaban con el contacto de su piel.

El fuego se extendía como lava ardiente por sus venas. Oyó unos gemidos leves y anhelantes y se dio cuenta de que habían salido de su garganta, pero no pudo hacer nada para contenerlos. Ella no tenía voluntad. Algo la había dominado. La había consumido tan absolutamente que estaba indefensa ante una necesidad tan abrumadora. Una necesidad de mover su cuerpo encima del de él, de tocar, de buscar, de tensar los muslos, de levantar ligeramente las caderas, muy ligeramente, pero lo suficiente…

Quería…. Quería sentir su mano en el pecho, que le tocara cadenciosamente el pezón rampante. Quería sentir lo mismo en el otro pecho. Quería más, mucho más.

El fuego en sus entrañas anhelaba más combustible. Volvían los gemidos, la necesidad, la voracidad. La voracidad de él; del cuerpo duro y esbelto que tenía debajo; de la humedad sedosa de su boca, del movimiento sensual de su boca, de sus labios carnosos y aterciopelados. Sin embargo, no era suficiente.

El fuego la consumía, pero con otro centro de atención. Quería… Contoneó las caderas para sentir la imponente dureza sobre el vientre. Quería… Volvió a levantar las caderas, lo estrechó entre los muslos con las manos apoyadas en sus hombros y con un gemido en la garganta atrapó la punta de su miembro entre las piernas y lo colocó donde tenía que estar.

Él le soltó la nuca y ella echó la cabeza hacia atrás mientras se encabritaba sobre él. Ella tenía los ojos cerrados y su cuerpo parecía una llama que se contorsionaba.

Él le recorrió la espalda con las manos hasta posarlas en su trasero. Dijo algo que ella no oyó. Sólo podía notar la punta de su erección que sondeaba la entrada de su cuerpo anhelante y húmedo. Ella lo ansiaba. Lo necesitaba tanto que no tenerlo era un tormento desesperante. Lo tomó. Él la guió lentamente hacia abajo, la colmó. Ella dejó escapar un resoplido lento e interminable. Estaba duro, pétreo y pleno dentro de ella. Durante un instante eterno, ella se quedó así, montada sobre él, sintiendo la plenitud en su interior, una plenitud tal que ella sólo podía permanecer inmóvil.

Entonces, muy lentamente, se movió; cimbreó las caderas hacia delante. Sus entrañas se pusieron al rojo vivo. Anna soltó un grito mientras la cabeza le caía hacia atrás. Volvió a gritar.

–¿Te gusta? –le preguntó él con un susurro mientras le tomaba un pezón entre los dedos–. A mí me gusta, pero esto es mejor.

Con un movimiento contundente, Leo levantó las caderas para entrar más profundamente en ella. Anna volvió a gritar con más fuerza y con más abandono. Leo siguió embistiéndola y el fuego dentro de ella se hizo devastador. Él tenía una mano en su trasero. Las embestidas la habían derretido. Ella se contoneó al ritmo de las embestidas. El ritmo fue aumentando y el fuego cada vez era más abrasador. Ella no podía dejar de gritar y de girar la cabeza. Se había convertido en un torbellino de voracidad y quería, necesitaba…

El punto que había estado en contacto con aquella plenitud que la martilleaba, estaba en llamas. Había provocado un incendio de placer tan intenso que Anna no podía respirar, sólo podía jadear. Dejó escapar otro grito apremiante y Leo seguía arremetiendo contra ella. Eran arremetidas cortas y rápidas. La tomó de los hombros mientras entraba en ella con todas sus fuerzas para obtener el placer inevitable.

Ella se dejó caer sobre él, jadeante, agotada. Hasta las últimas ascuas la estremecían de placer. Notó una mano que le apartaba el pelo de la frente y un aliento cálido en la mejilla.

–Sabía que serías buena, pero…

La voz entrecortada empezó a hablar en griego. Parecía llegar desde muy lejos. Todo llegaba desde muy lejos. Todo, menos una cosa. Algo muy oscuro crecía dentro de ella, era tan oscuro que no lo había sentido nunca. Iba a asolarla. Estaba dándose cuenta de lo que acababa de pasar. Era lo peor que podía haberle pasado.

Capítulo 6

LEO salió al mirador. El sol ya estaba en lo alto, pero no le extrañó. Había sido una noche larga, pero había dormido poco. Se estiró para desentumecer la espalda. Había sido una noche embriagadora. No sólo para él. Anna Delane había respondido exactamente como él sabía que haría. Había ardido al rojo vivo. Una y otra vez durante toda la noche. La había tomado una y otra vez y cada vez ella había reaccionado, se había estremecido, había gritado, la había saciado hasta la extenuación. Se había entregado a sus brazos, se había arqueado, había sacudido la melena con la mirada perdida entre convulsiones de placer extremo.

Efectivamente, había sido embriagador e increíblemente excitante.

Su reacción incondicional y sensual a sus caricias había tenido algo deliciosamente satisfactorio. Estaba seguro de que ella no lo había querido; ella había intentado contenerse, ser como una estatua, pero él no había hecho caso de su decisión de privarle de lo que él quería conseguir de ella, de lo que ella le debía.

Lo había conseguido. Lo había obtenido beso a beso, caricia a caricia. La había acariciado con su cuerpo hasta que ella había ardido entre sus brazos y jadeado. Ella había contoneado su cuerpo con un deseo voraz e irreprimible.

Sintió que se excitaba de nuevo, aunque había saciado su cuerpo una y otra vez con ella. Dejó escapar una risa casi silenciosa. Se quedaría allí mientras deseara a Anna Delane, mientras saciara el apetito que tenía de ella. Sin embargo, en ese momento quería saciar otro apetito. Volvió a entrar en el dormitorio, descolgó el teléfono interior de la casa y pidió el desayuno. Cuando colgó, miró a la mujer que dormía en su cama. Era increíblemente hermosa y nunca lo había sido tanto como entonces. Tenía el pelo negro diseminado por la almohada, la piel blanca sobre las blancas sábanas. Respiraba suavemente. Resultaba un poco vulnerable. Leo frunció el ceño. ¿Vulnerable?

Era la última palabra que aplicaría a Anna Delane. Irradiaba temperamento incluso antes de que supiera que era una ladrona. Además, era una hipócrita. Desde que se fijó en ella supo que sería sexualmente receptiva a él. Ella se lo había dejado muy claro durante toda lo noche que la había retenido a su lado. ¿Por qué creía ella que lo había hecho? Evidentemente, lo hizo para decirle que ella le interesaba sexualmente. Aun así, cuando él dio un paso, ella se revolvió como una arpía. Aunque hubiera estado a punto de acostarse con él. Le soltó un sermón de virtuosa ultrajada cuando no era otra cosa que una ladrona; una ladrona sin asomo de vergüenza, remordimiento o arrepentimiento; un ser frío y sin conciencia. Aunque no fue fría cuando estuvo dentro de ella, cuando gritó avasallada por el orgasmo, cuando luego la abrazó y todavía se estremecía con el pelo despeinado, la frente sudorosa, la respiración entrecortada y el corazón desbocado.

Se dio la vuelta y fue al cuarto de baño. Observar a Anna Delane y recordarla entre sus brazos no era una buena idea en ese momento. Quería desayunar, ya tendría tiempo para disfrutar con ella más tarde. Todavía no había terminado con Anna Delane.

–¿Quieres ir a nadar?

–No, gracias.

–¿Quieres navegar en catamarán?

–No, gracias.

–¿Quieres ver la isla?

–No, gracias.

–Como quieras.

La voz de Leo no era burlona esa vez. Reflejaba una irritación creciente. Tomó la taza de café, dio un sorbo y volvió a dejarla en la mesa. Miró a la mujer que tenía enfrente.

Ella estaba leyendo un libro. Estaba absorta, todo la absorbía menos él. Lo había dejado al margen de su existencia. No lo había mirado ni le había dicho nada aparte de esas lacónicas respuestas. Ella se había comportado así desde que mandó que fueran a buscarla. Haber tenido que hacerlo había sido motivo de rabia.

Cuando él había salido de la ducha, se había encontrado la cama vacía. Ella había desaparecido. No le había importado porque supuso que ella habría ido a ducharse a su cuarto de baño. Sin embargo, ella no había aparecido ni siquiera cuando él había mandado a alguien del servicio doméstico para que le dijera que el desayuno se serviría en la terraza. Él desayunó y volvió a mandar a alguien para que fuera a buscarla.

Esa vez, ella había aparecido muy tiesa, como la noche anterior, como si no hubiera pasado la noche en su cama. Llevaba gafas de sol que le ocultaban completamente los ojos. También llevaba el pelo recogido en el dichoso moño, unos pantalones ceñidos negros y una sudadera de mangas largas. Todo ello muy poco apropiado para el calor de un día tropical. Ella se había sentado sin prestarle atención y se había vuelto hacia la doncella para pedirle agua caliente y un poco de fruta. Luego, había girado la silla hacia el mar, había cruzado las piernas y había empezado a leer. Como si él no estuviera allí.

Leo la había mirado un buen rato sin dar crédito a lo que estaba viendo.

–Buenos días, Anna –le había dicho él con tono afectado.

Ella no le había hecho caso.

–¿Siempre eres tan arisca por las mañanas?

No había obtenido respuesta.

–Anna... –había insistido él con un tono algo nervioso.

Ella había girado la cabeza hacia él. Leo no había podido ver sus ojos y eso le había molestado.

–Qué... –el tono había sido contenido.

–Dime, ¿qué te gustaría hacer hoy? –le había preguntado él con tono desenfadado.

–Nada, gracias.

–Habrá algo que te gustaría hacer –había insistido él.

–No, gracias –había repetido ella con indiferencia.

En esos momentos, Leo la miraba mientras ella estaba embebida en la lectura. A él ya no le quedaba ni rastro de buen humor.

La doncella volvió a aparecer con lo que le había pedido. Anna levantó la vista del libro y sonrió levísimamente para darle las gracias. Leo estuvo seguro de que había sido la primera sonrisa que le había visto y sintió algo raro.

Ella sacó una bolsita de té que había usado como señalador del libro, la puso en una taza y vertió agua caliente. Leo pudo oler el aroma a hierbas.

–¿No tomas café? –le preguntó él.

–Muy pocas veces.

Anna pinchó un trozo de piña con el tenedor y lo dejó en su plato. Luego, lo cortó en pedazos más pequeños y empezó a comérselos. Leo le acercó la cesta de pan.

–No, gracias.

–¿Estás a dieta?

–Siempre estoy a dieta –contestó ella sin dejar de comer piña.

–No necesitas adelgazar.

Ella lo miró inexpresivamente.

–Porque siempre estoy a dieta –replicó ella con sarcasmo.

Anna se sirvió unos trozos de papaya, se los comió y apartó el plato.

–¿Qué más quieres comer? –le preguntó Leo con una educación asombrosa.

–Nada, gracias.

Anna tomó la taza, dio un sorbo, volvió a dejarla en la mesa y siguió leyendo. Leo quiso fulminarla con la mirada. ¿A qué estaba jugando? ¿Quería fingir que la noche anterior no había pasado nada? ¿Quería fingir que no había gritado con los ojos desbordados de pasión mientras lo agarraba de los hombros y se estremecía por el orgasmo?

Leo la miró con rabia. ¡Ella tendría que estar ronroneando como un gatito! Tendría que haberse contoneado hacia él con un biquini y un pareo anudado a las caderas, con el pelo suelto sobre los hombros, con los labios inflamados; tendría que haberle rodeado los hombros con sus brazos, haberle susurrado palabras de amor, haberlo saludado con un beso... Sin embargo, estaba sentada, tiesa como el palo de una escoba, y contestándole lacónica y sarcásticamente o no haciéndole el más mínimo caso.

¿Quién era ella para no hacerle caso? ¿Prefería una celda de la comisaría a su cama? Evidentemente no. Quería salvar su precioso pellejo y no le había importado cómo hacerlo. Podría ganarse la libertad tal y como él le había propuesto cuando la pilló con la pulsera encima. Tendría que trabajar mucho para complacerlo.

–Anna… –insistió él con el mismo tono nervioso.

–Qué… –ella levantó la mirada del libro.

Él la miró y no dijo nada por un instante. Le había parecido ver que algo cruzaba muy fugazmente su cara.

–No seas impertinente –le aconsejó él con delicadeza–. Si prefieres volver a una comisaría austriaca, sólo tienes que decirlo. Si no, te recomiendo que recuerdes para qué estás aquí…

Algo volvió a cambiar en el rostro de ella. Pareció palidecer por un instante. Anna dejó el libro.

–¿Quieres más sexo?

Lo preguntó con una indiferencia tal que Leo se quedó mirándola fijamente.

–Ahórrame tus insolencias.

–Entonces, ¿qué quieres? –le preguntó ella desafiantemente.

–Podrías empezar con un poco de modales.

Ella dejó escapar un ruido como si se hubiera atragantado.

–¿Modales? –le preguntó ella con un tono de asombro infinito.

Leo apretó las mandíbulas.

–Vamos a pasar aquí por lo menos tres semanas y no estoy dispuesto a aguantar tu mal humor durante tanto tiempo.

–¿Tres semanas? –preguntó ella con espanto–. ¡No puedo quedarme tanto tiempo!

–¿Crees que ibas a pasar menos tiempo en la cárcel?

–Tengo compromisos de trabajo.

–Los cancelaré.

Ella se inclinó hacia delante.

–No lo harás. No voy a arriesgar mi reputación porque tú canceles mis compromisos.

Una vez más, Leo se limitó a mirarla.

–¿Tu reputación… profesional? Creo que no he oído bien. Tú, Ana Delane, eres una ladrona. Has cometido un delito. ¿Te atreves a hablarme de reputación profesional?

Leo apartó su silla y se levantó mientras agitaba la mano.

–¡Basta! No quiero volver a oír una impertinencia tuya.

Leo siguió hablando en griego y se fue con un humor de perros. Anna se quedó sentada y sin mover un sólo músculo.

No se desmoronaría. No le daría esa satisfacción. La palabra satisfacción le retumbó en la cabeza con toda su crueldad. Todavía podía ver su cara de satisfacción cuando ella abrió los ojos para ver al hombre que acababa de hacerle lo que le había hecho.

Se odió a sí misma. ¿Cómo había podido traicionarse de aquella manera? ¿Cómo había podido corresponderlo? ¿Cómo se había permitido excitarse de aquella manera con sus caricias y besos? Se había entregado completamente, ciegamente, más allá de cualquier dominio de sí misma. Más allá de todo excepto del fuego que la abrasó hasta llevarla a un paroxismo como no había conocido jamás.

Nunca había sentido nada parecido. Nada. Había

sido increíble, extasiante. Había sido un estallido de sensaciones que la había abrasado con un placer sensual tan intenso que ella nunca se había imaginado que pudiera existir.

En el preciso instante del clímax, ella comprendió por qué temía a Leo Makarios, por qué era tan peligroso para ella. Había abierto los ojos y se había dado cuenta, con un espanto abrumador, de lo que había hecho, de lo que le había permitido hacer, de lo que había deseado que él le hiciera. Además, él lo había sabido. Había querido que ella lo deseara. Había visto el triunfo en sus ojos.

Volvió a odiarse a sí misma. Había ido a su cama como una tonta, ignorante y arrogante. Creyó que podría mantenerse distante, sin participar en lo que estaba pasándole. Había rezado para ser fuerte, pero había sido aterradoramente débil. No había aguantado una sola caricia ni un sólo beso. Leo la había derretido entre sus brazos y ella no había podido hacer nada para mantenerse al margen. Sintió un escalofrío. Él había hablado de tres semanas, pero ella no podría aguantar ni tres días.

Se quedó mirando la maravillosa vista del mar y arena, pero a ella le parecía un desierto de cactus. Sabía que esa noche volvería a hacerle lo mismo. Lo supo con una certeza perversa. La llevaría a su cama y la besaría y acariciaría hasta que ella sucumbiera, hasta que se abrasara y lo anhelara…

Anna notó un hormigueo sólo de recordarlo. Se levantó y cruzó los brazos sobre el pecho para sofocar esa sensación que empezaba a apoderarse de ella. El anhelo volvía a cobrar vida, la palpitación entre las piernas…

¡Tenía que estar ocupada! Tenía que hacer algo que la distrajera. Esa mañana ya había hecho los ejercicios de estiramiento y se había dado el tratamiento para cuidarse la piel; lo había hecho para no pensar en nada cuando todo lo ocurrido se le vino encima. Espantada, había salido del dormitorio al oír la ducha en el cuarto de baño; supo que tenía que marcharse antes de que él apareciera, de que apareciera para regocijarse con su triunfo.

Se había encerrado en su dormitorio. Sólo había querido olvidarlo todo, cualquier cosa antes que afrontar lo que había hecho. Sin embargo, el olvido fue imposible. Una doncella le repitió dos veces que el señor Makarios estaba esperándola en la terraza.

Se había puesto la armadura, como si fuera a una batalla. La ropa de hacer ejercicio no era la más adecuada para el Caribe, pero era lo único que tenía que no estuviera pensado para ir a los Alpes. Se había hecho un moño, se había puesto las gafas de sol y había bajado para enfrentarse con lo que había hecho. Estuvo a punto de desmoronarse.

Cuando lo había visto reclinado con el musculoso torso ceñido por un polo, con unos pantalones cortos que mostraban sus muslos largos y flexibles, cuando había comprobado que él la miraba con aquellos ojos almendrados, ella había notado que se derretía por dentro.

Estaba impresionante, pero otra sensación también le había brotado por dentro. Una sensación mucho más tranquilizadora. La furia. Eso era lo que tenía que sentir cuando estuviera con él. Por la noche, sucumbiría irremediablemente, se reconoció con rabia, pero durante el día... Durante el día el objeto de su odio no sería ella misma; sería Leo Makarios, el hombre al que odiaba y deseaba al mismo tiempo.

Capítulo 7

LEO paró el Jeep delante de la villa. Le dolían los músculos, pero el mal humor había desaparecido. Había pasado el día haciendo surf. Pensó ir a ver cómo marchaban sus promociones en el sur de la isla, pero decidió que no había ido allí a trabajar sino a desconectar con una hermosa mujer que le calentaba la cama. Una sombra le oscureció la mirada. Se había olvidado de ella durante todo el día, pero en ese momento se preguntó, sin querer, qué habría hecho ella. ¿Seguiría enfurruñada? Esbozó una sonrisa y subió las escaleras de dos en dos. No tardaría en dejar de estar enfurruñada. Una ladrona como Anna Delane no iba a amargarle la existencia. Sonrió abiertamente. Se ocuparía de ella en ese preciso instante. Se le ocurrió una forma fantástica de hacerlo. Necesitaba un masaje y luego…

Anna yacía entre los brazos de Leo. Estaba de espaldas a él, rodeada por uno de sus brazos y uno de sus muslos. Miraba fijamente al otro extremo de la habitación.

Había vuelto a pasar. El fuego había arrasado hasta el último vestigio del dominio de sí misma y de su dignidad.

La había llamado para que le diera un masaje, como si fuera una esclava. Ella lo hizo porque si el hombre que la consideraba una ladrona quería un masaje, ella le daría un masaje. Sus manos tardaron muy poco en quedarse inmóviles; él tardó muy poco en ponerse de espaldas, en ponerla encima, en darle la vuelta con un arrebato de voracidad y colocarse encima de ella. La besó en la boca mientras le quitaba la ropa como si pelara una fruta madura. Ella se lo había permitido. Fue incapaz de resistirse, incapaz de que su cuerpo no se abrasara con el de él, de no paladear la avidez de sus besos y el ardor de sus caricias. Hasta que volvió a arder como una llama entre gritos y sacudiendo el pelo, consumida por una sensación que le devastaba los sentidos, que le devastaba todo menos la necesidad imperiosa de saciarse.

Luego, mientras se sofocaba el torbellino como un fuego que se hubiera quedado sin combustible, él se separó de ella, se colocó de costado, la puso de espaldas a él y le susurró palabras que ella no entendió, con el aliento cálido en la nuca y las manos cálidas sobre el cuerpo. Allí estaba ella, exhausta, saciada, con el pecho de él que subía y bajaba contra su espalda y dándose cuenta de que el pulso se le desaceleraba lentamente. Miraba al cuarto en penumbra y sólo oía la respiración de él. Tenía la mente en blanco, era incapaz de pensar, sentir o expresar sus pensamientos. Era como si estuviera en otro sitio, como si fuera otra persona y no pudiera evitarlo.

Leo estaba tumbado con ella entre los brazos. Estaba inerte, como ella. Sabía que ninguno de los dos podía moverse. La gustaba estar con la espalda de ella contra su cuerpo, era como si ella le perteneciera. ¿De dónde habría sacado esa idea? No quería que Anna Delane le perteneciera. Era hermosa y deseable, pero una ladrona. No quería tener nada que ver con ella. Aunque, en realidad, nunca quería tener nada que ver con las mujeres con las que se acostaba. Sólo quería sexo y una mujer que supiera no ponerse pesada. Mucho menos quería una mujer que pudiera robarle una fortuna impunemente.

Le apartó el pelo de la cara. Ella tenía los ojos abiertos, pero la mirada perdida. Se preguntó qué estaría pensando. Frunció el ceño. Nunca se preguntaba qué pensaban las mujeres, eso no le interesaba. De repente se preguntó si acaso le interesaba alguna persona.

Su padre había muerto hacía siete años de un ataque al corazón y su madre se fue a Melbourne para vivir con unos familiares. Había tratado poco a su padre cuando fue un niño porque él, como su abuelo, había dedicado su vida a rehacer la fortuna de los Makarios. Su madre había representado el papel anfitriona social y había cultivado la amistad de quienes pudieran ser útiles para Makarios Corp. lo cual significaba que su hijo se crió entre niñeras e institutrices. Seguramente, Markos fue la persona a quien más había tratado y habían compartido algunos colegios, pero ya de adultos se veían esporádicamente. Los dos llevaban una vida errante propia de las personas muy ricas y cada uno dirigía una parte distinta de Makarios Corp. Tenía muchos empleados, desde altos directivos hasta ayudantes personales, y tenía amigos. Claro que tenía amigos. Todos los hombres de su posición tenían amigos. Normalmente, demasiados amigos.

Sin embargo, ¿tenía algún amigo íntimo? ¿Alguno le interesaba por algo que no fuera Makarios Corp.? No recordó ninguno. Apartó esos pensamientos impacientemente. Llevaba una vida maravillosa. Estaba en la flor de la vida, era rico y sabía, sin falsa modestia, que lo habían bendecido con un aspecto físico que sería envidiable aunque fuera pobre. Los otros hombres lo envidiaban y las mujeres lo deseaban.

Menos Anna Delane. Esas palabras se formaron en su cabeza antes de que él pudiera evitarlo. Ella lo había expulsado de su habitación, lo había rechazado descaradamente.

Le acarició el brazo lenta y posesivamente. Ya no lo rechazaba, aunque tampoco había tenido muchas alternativas, se dijo amargamente. Apretó las mandíbulas.

Anna Delane no habría seguido rechazándolo, lo había comprobado. Si no la hubiera pillado con las manos en la masa, él habría insistido y habría acabado consiguiéndola. Las mujeres no se le resistían. Su problema solía ser el contrario: mantenerlas a raya. Se habría acostado con ella, fuera una ladrona o no.

Era una pena que fuera una ladrona. Volvió a pensarlo antes de que pudiera evitarlo y eso le fastidió. Naturalmente, habría preferido que no fuera una ladrona, pero eso tampoco habría cambiado mucho las cosas. El resultado final habría sido el mismo. Habrían pasado algunas semanas juntos y luego se habría cansado de ella.

Volvió a acariciarle el brazo para deleitarse con la sedosa piel. Notó que se alteraba. No se cansaba de ella. Se apoyó en un codo, le tomó la barbilla con la mano y le giró la cabeza hacia él. La besó en la boca. Era excitante. Todavía no se cansaba de ella.

Anna se puso protector solar en las piernas. Aunque procuraba estar a la sombra, estaba poniéndose morena. Frunció el ceño. Eso era un incordio. La blancura de su piel era una de sus características. Podría haberse quedado todo el tiempo dentro de la casa, pero no lo aguantaba. Bastante tenía con dejar pasar los días como para no poder disfrutar del jardín, la playa o la piscina. Nadar en la piscina era una de sus ocupaciones favoritas. Nunca viajaba sin un traje de baño. Tenía vestidos de noche, para el castillo de los Alpes, pero no tenía casi nada que pudiera ponerse de día en el Caribe. Podía pasear con una toalla atada al cuerpo porque nunca veía a Leo durante el día. Quizá pasara el día en un ataúd, se dijo ella con sorna. Sin embargo, sabía que la realidad era más prosaica. Afortunadamente, tenía muchas fórmas de divertirse en el mar y ella agradecía al mar que le ofreciera tanta diversión.

¿Cuántos días llevaba allí? Estaba perdiendo la cuenta. Andaría cerca de las dos semanas. Había intentado no contar ni pensar. Ese sitió podría haber sido el paraíso en la tierra, pero era su prisión, su celda de torturas. Un sitio donde Leo Makarios la atormentaba con sus poderes más perversos. Noche tras noche, ella ardía en llamas entre sus brazos, hacía que ella reaccionara de tal forma que él no descansaría si no lo hiciera; que ella no descansaría si no lo hiciera... Él se había convertido en un veneno para ella, un veneno que le había entrado en las venas y del que ella dependía completamente. Era el veneno del deseo. Un deseo indigno e inevitable. Un deseo que la humillaba y la hería. Un deseo que la esclavizaba.

También sabía que no podía librarse de él en ese momento, que había sucumbido indigna e inevitablemente, que había sucumbido a Leo Makarios y a lo que él le hacía sentir. Todos los días, cuando él volvía a la villa, su corazón le daba un vuelco. Intentaba contenerlo, pero no podía. La respiración se le aceleraba, notaba una punzada de placer por lo que se avecinaba.

A veces la llevaba a la cama inmediatamente. Iba

hasta ella, la tomaba de la mano y subían las escaleras. Notaba la deliciosa oleada de excitación que se apoderaba de ella mientras lo acompañaba. Estaba tan ardiente como él; quería sentir su boca en la de ella, sus manos sobre el cuerpo, los cuerpos que se buscaban para fundirse en uno con un deseo tan intenso que la consumía una y otra vez.

Había sido una revelación, ella nunca había entendido que el deseo pudiera ser tan poderoso y tan descarnado. Leo la había llevado al éxtasis, a la pasión de desear, de necesitar saciarse. No conocía el sosiego. Ni durante el día, cuando su cuerpo esperaba forzosamente su regreso. No conocía el sosiego, sólo conocía la voracidad, una voracidad obsesiva que era una necesidad insoportable para que él le diera lo que sólo él podía darle. Sólo conocía el breve sosiego que llegaba después, cuando los dos yacían exhaustos en brazos del otro. Como si fueran unos enamorados. Sin embargo, sabía que no lo eran, sabía que no había nada entre ellos. Tan sólo eran unos desconocidos, día tras día, noche tras noche.

Un peso sombrío se adueñó de ella mientras se ponía de pie para meterse en las cálidas aguas de la piscina. Miró alrededor. La casa estaba llena de empleados, de personas que vivían, respiraban, amaban, tenían familias y ambiciones, pero ella estaba sola. Siempre estaba sola y siempre lo había estado.

Su abuela la quería, la había criado cuando murió su madre, pero su abuela era dos generaciones mayor y era feliz en su pequeño mundo de casitas adosadas, feliz viendo la televisión, y le asustaba que Anna saliera al mundo, por no decir nada de que se hiciera modelo. Siempre había sabido que su abuela lo detestaba. La había avisado de los males que la amenazarían en ese mundo, pero ella no había podido desaprovechar la ocasión de escapar de la fábrica de galletas. Había visitado a su abuela siempre que tuvo un momento libre, hasta que ya no pudo vivir sola en su casita adosada. En ese momento vivía en una residencia privada y muy cara que pagaba su trabajo como modelo, ella se lo agradecía algunas veces y otras no.

¿Quién le quedaría cuando muriera su abuela? Anna se hizo esa pregunta mientras miraba el mar. Tenía algunas buenas amigas, como Jenny, con quien se había lanzado al frenético, superficial y a veces corrupto mundo de la moda. Sin embargo, aunque eran amigas muy buenas, todas ellas tenían a alguien especial en sus vidas. Hasta Jenny tenía el hijo que esperaba. Entonces, sin saber por qué, pensó que podría acompañarla en la nueva vida que iba a empezar en Australia. Sin embargo, al mismo tiempo sintió un vacío interior. Cuando Leo Makarios acabara con ella, ¿qué haría? Siempre había pensado que volvería a su vida, pero en ese momento vio con una claridad dolorosa que su vida estaba vacía. Parecía como si su vida de modelo estuviera a millones de kilómetros de allí. Nunca podría volver a ella. Tendría que marcharse de allí. Algún día, que cada vez estaba más cerca, cuando Leo Makarios se aburriera de ella, cuando considerara que ya había expiado su culpa, cuando el trabajo lo reclamara en Nueva York, Londres o Ginebra, él desaparecería. La montaría en un avión y se desharía de ella. No volvería a verlo jamás.

Un abatimiento sarcástico se apoderó de ella. Si hacía unos días alguien le hubiera dicho que no volvería a verlo jamás, ella habría dado un salto de alegría. En ese momento, la llenaba de espanto. Sentía un dolor en su cuerpo que no podía mitigar; una angustia abrumadora.

Miró el mar y la arena. Era el paraíso en la tierra.

Sin embargo, para ella, era el peor sitio del mundo. Un sitio de tormentos inimaginables y maravillosos.

Leo entró en la terraza cojeando y de mal humor. Anna estaba nadando con elegantes brazadas. La observó un rato. Le pareció raro verla de día. Nunca pensaba en ella cuando estaba lejos de la villa. La alejaba de su mente y se concentraba en cosas como inventarse nuevos trucos sobre la tabla de windsurf. El salto que había estado practicando el día anterior lo había lanzado al agua con el pie atrapado en la cinta. Se había hecho daño en el tobillo. Afortunadamente, el médico acababa de confirmarle que no lo tenía roto ni se había hecho un esguince, pero le había obligado a que descansara unos días.

¿Qué podría hacer todo el día? Intencionadamente, había reducido el trabajo al mínimo, sólo se comunicaba una hora por la mañana y otra por la tarde con sus directivos más importantes. No quería que lo absorbiera.

Siguió mirando a Anna. Él también podría nadar. Dejó las gafas de sol en una tumbona, fue cojeando hasta el borde de la piscina y se zambulló. Hizo diez, veinte, treinta largos. Tenía que sofocar algo. Cuando terminó los cuarenta largos, se puso de pie, se sacudió el pelo y vio que Anna seguía nadando sin hacerle caso, como de costumbre.

Leo notó una punzada de rabia que ya conocía muy bien. Ella lo desdeñaba siempre que podía. Cuando él intentaba hablar con ella, le respondía lacónicamente y con una desgana evidente. Había llegado a un punto en el que la maldecía tanto como ella lo maldecía a él. No la había llevado allí para charlar con ella, sino para acostarse con ella, y de eso no se privaba.

Leo se apoyó contra el borde de la piscina con los brazos extendidos sobre las baldosas. Estaba de mejor humor. Efectivamente, Anna no le privaba de nada en el aspecto sexual. En la cama se derretía. Esbozó una leve sonrisa. Había conseguido lo que se había propuesto: Anna Delane lo anhelaba. Ya no era la virtuosa ultrajada cuando él la acariciaba. Se estremecía de deseo en cuanto él la tocaba. Sólo con mirarla podía captar la voracidad y la llama de deseo en sus ojos.

Sintió satisfacción. Anna Delane se derretía con él en la cama. Sin embargo como ya no podía divertirse en el mar, se divertiría haciendo que también se derritiera fuera de la cama. Decidió que sería un reto personal.

La llevaría de compras. En la isla había algunas tiendas de modistas de primera fila y las compras siempre ponían de buen humor a las mujeres. Sobre todo cuando paga un hombre. Además, una mujer como ella estaba acostumbrada a la vida frenética, a las ciudades sofisticadas y las fiestas. Seguramente, su abatimiento también se debería a verse privada de ellas. Se le ocurrió una cosa: esa tarde la llevaría de compras y al día siguiente empezaría a hacer vida social con ella. Había una serie de personas, desde empresarios locales hasta ricos europeos que pasaban allí largas temporadas, que estarían encantadas de recibirlo. Haría algunas llamadas para comunicarles que estaba allí. Alardearía de Anna ante ellos. Se quedó clavado. ¿Iba a alardear de Anna ante sus amigos? ¿Alardear de una ladrona? ¿Alardear de una mujer que estaba ganándose la libertad en su cama? No era una mujer de la que alardear. Era una mujer a la que había que ocultar para su propio placer. Como si se avergonzara de ella... Como si se avergonzara de sí mismo... Sintió una punzada. No se sintió a gusto. Salió de la piscina con cierta furia. No le gustaba sentirse a disgusto consigo mismo. El tobillo le dijo que había nadado demasiado y que lo mejor sería quedarse tranquilamente. Fue cojeando hasta el otro extremo de la piscina y esperó hasta que Anna terminó el largo.

Para su fastidio, ella no hizo caso de su presencia aunque él estaba agachado con la clara intención de decirle algo. Leo alargó una mano y la agarró del antebrazo cuando ella de disponía a dar la vuelta. Anna se paró bruscamente.

–No he terminado –dijo ella sin alterarse.

–Ya has nadado bastante –replicó él–. Arriba.

Leo la agarró del otro brazo. Anna lo miró con furia, pero dejó que la sacara de la piscina como si fuera la hoja de un árbol.

–Qué… –le espetó ella.

–Sécate y cámbiate –le ordenó él mientras iba cojeando hasta la tumbona donde estaba la toalla de ella–. Vamos a salir.

–¿Qué?

Leo la miró mientras se secaba el pecho con la toalla.

–He dicho que vamos a salir.

–No quiero salir.

Esa actitud siempre fastidiaba mucho a Leo.

–Yo, sí –insistió él–. Además, quiero que me acompañes.

–¿Para qué? –le preguntó ella sin dejar de mirarlo.

–Para complacerme –contestó él sarcásticamente.

Ella se sonrojó levemente, pero se repuso enseguida.

–Creía que sólo tenía que hacerlo en la cama.

Esa chica era un hueso duro de roer y no estaba de humor para aguantarlo.

–Sólo quiero pasar el día fuera. ¿Qué tiene de malo? Anímate, Anna, a lo mejor te lo pasas bien. Al fin y al cabo… –Leo volvió a emplear un tono sarcástico–…te lo has pasado bien con todo lo que te he proporcionado, ¿no?

Esa vez se sonrojó claramente. Leo pensó por un momento que era vergüenza, pero se dio cuenta de que podría ser ira. Anna Delane podría maldecirlo todo lo que quisiera, que no era poco, pero él quería salir y que ella lo acompañara.

Leo se alejó cojeando y Anna se quedó mirándolo echa una furia. No quería acompañar a Leo Makarios a ningún lado. ¿Por qué quería él que lo acompañara? ¿Por qué no salía a navegar? Lo miró y se dio cuenta de que cojeaba. Notó un dolor. Por un instante, disparatado, quiso salir detrás de él y preguntarle qué le había pasado en el pie. Se contuvo, por ella, podía atropellarlo un tren… Era una mentirosa. Sintió pesar. Intentó reprimirlo, pero no pudo y cerró los ojos.

No podía pasar un día con él. Necesitaba de toda su fuerza para pasar las noches, para soportar la espantosa y traicionera reacción de su cuerpo a las caricias de Leo. Lo soportaba porque se limitaba a las noches y durante el resto del tiempo reducía al máximo su compañía o lo marginaba todo lo que podía. Sin embargo, iba a tener que pasar todo un día con él.

Volvió a abrir los ojos. Leo había entrado en la casa. Ella decidió no pensar y lo siguió.

Anna miró al frente. No sólo era preferible no hacer caso del hombre que conducía el todoterreno, sino que también era interesante ver algo más de la maravillosa isla. Era un paisaje exuberante con pequeños pueblos con casas de madera rodeadas de plataneros y con los porches desbordantes de buganvillas.

Ella no preguntó adónde iban. Ya lo sabría cuando llegaran. Sin embargo, cuando llegaron, Anna se llevó una sorpresa. Era la capital de la isla y Leo se abrió paso por un laberinto de calles hasta llegar al puerto. Aparcó e hizo un gesto con la cabeza a Anna.

–Vamos de compras.

Él esperó que eso animara el rostro de Anna, pero ella mantuvo el gesto impasible que siempre le reservaba a él. Se bajó y esperó a que él hiciera lo mismo. Notó el calor de la mañana y comprendió lo inapropiado de su vestimenta. ¿Había dicho que iban de compras? Se lo agradecía. Por lo menos podría comprar ropa apropiada.

Ella siguió a Leo con algo más de entusiasmo del que él solía ver en ella fuera del dormitorio. Llegaron a la tienda de un diseñador de ropa informal. Ella repasó todos los expositores y llevó la ropa elegida hasta la caja. Leo ya estaba allí.

–Por fin has comprendido la conveniencia de llevar ropa adecuada para la playa –comentó él.

Ella lo miró fijamente.

–Aunque parezca raro –replicó ella con sorna–, no tenía previsto acabar en el Caribe cuando hice el equipaje para ir a Austria.

–¿Quieres decir que has estado llevando toda esa ropa absurda porque no tenías otra cosa? ¿Por qué no me lo dijiste? Podría haberte traído de compras el día que llegamos.

Anna no dijo nada, se limitó a sonreír a la dependienta que estaba doblando la ropa.

–¿No quieres probártela? –le preguntó Leo.

–Sé que me sentará bien. Es una de las pocas cosas que se aprenden en mi trabajo.

–No hay motivo para el sarcasmo –le censuró Leo–. Cuando llevo de compras a otras mujeres, suelen pasarse horas probándose todo lo que ven. Es muy aburrido. Lo tuyo es una delicia, te lo aseguro.

Él se metió la mano en el bolsillo trasero del pantalón para sacar la cartera, pero Anna ya estaba extendiendo su tarjeta de crédito.

–Anna, permíteme, si no te importa.

–Me importa –replicó ella mientras hacía un gesto a la vendedora.

–¿Intentas demostrar algo? –le preguntó él con un suspiro.

–No. Estoy comprándome mi ropa.

Leo volvió a guardarse la cartera. La observó firmar, recoger las bolsas y, súbitamente, vacilar.

–Me gustaría cambiarme –le dijo a la dependienta antes de desaparecer con las bolsas.

Volvió a aparecer al cabo de dos minutos vestida con un traje azul y naranja. A Leo le pareció impresionante. Era la mujer más impresionante que había visto. Además, sin proponérselo. Seguía llevando el pelo recogido en una cola de caballo. No llevaba maquillaje ni sombras de ojos ni ningún aderezo. Algo se le revolvió por dentro. No sabía qué era, él sólo sabía que no era el momento adecuado.

–Vámonos –dijo él lacónicamente antes de salir al exterior.

Anna lo siguió aliviada de no ir vestida de una forma tan ridícula.

–Allí hay otra tienda de un modista –le comentó Leo.

–Ya tengo toda la ropa que necesito –replicó ella.

Leo resopló.

–Ninguna mujer tiene toda la ropa que necesita. Además, esta vez voy a pagarla yo. Por favor, no me hagas otra escena.

Anna apretó los labios.

–No quiero más ropa –insistió ella.

–Entonces, ¿qué quieres?

Leo echó una ojeada alrededor y se fijó en una joyería. Por un instante se dio cuenta de que estaba a punto de comprarle unas joyas, como si fuera una amante más. Anna también se dio cuenta de lo que él había visto.

–No, gracias –dijo ella con delicadeza–. Prefiero robarlas.

Leo giró la cabeza y le clavó los ojos entrecerrados. Por un segundo, él quiso reírse. Esa chica era insoportable, pero... Dejó de mirarla y señaló una tienda de recuerdos de la isla. Ella sacudió vigorosamente la cabeza.

–Ya me llevaré todos los recuerdos de esta isla que necesito.

Leo volvió a clavarle la mirada, pero sin ganas de reírse. Quiso estrangularla.

–Los recuerdos que te llevarías de una cárcel austriaca serían muy distintos, te lo aseguro –Leo la agarró del brazo–. Necesito un café.

Ella intentó zafarse, pero él no la dejó.

–¡Suéltame!

Él la agarró con más fuerza y la miró con sus ojos almendrados.

–No dices lo mismo en la cama. Entonces, quieres que te toque.

Leo lo dijo con una voz sedosa y con unos ojos que la derritieron...

Él volvió a notar que ella se sonrojaba y que sus ojos brillaban de aquella manera. Parecía vergüenza, pero eso era imposible. Anna Delane era una ladrona sin vergüenza ni arrepentimiento. Además, era muy raro que una modelo sintiera vergüenza por el sexo. Entonces, él vio que ella levantaba la barbilla y apretaba los labios como si estuviera conteniéndose algo.

–Creía que querías un café, ¿no?

Capítulo 8

ANNA se sentó en el pequeño café del puerto y miró el balanceo de los barcos. No eran barcos de recreo, eran transbordadores para ir a otras islas, cargueros o barcos de pesca.

Enfrente, Leo tenía gesto de mal humor. Ella no le hacía caso. Miraba a cualquier cosa menos a él. Como de costumbre, eso le desesperaba. Llevaba un vestido que parecía muy caro, pero ella se había empeñado en pagarlo, como todo lo que había en las demás bolsas. Ese empeño lo había enfurecido y le molestaba estar furioso por eso. ¿Qué se proponía ella al no dejarle pagar? Era como si quisiera demostrarle algo. ¿Qué derecho tenía ella a querer demostrarle algo? Quería que él se sintiera culpable cuando ella era la única culpable. Leo apretó los dientes. ¿Por qué ella no podía ser amable por una vez? ¿Por qué no podía ser simpática y con ganas de agradar? No, para ella eso era imposible. Allí estaba sentada con la barbilla muy levantada como si tuviera que soportar un mal olor.

Anna, de soslayo, notó el gesto malhumorado de Leo, pero no lo miró. Su instinto le decía que no lo hiciera. Aun así, algo le impulsaba a hacerlo; a girar levísimamente la cabeza, lo suficiente para ver algo de Leo Makarios que no fuera por el rabillo del ojo. Para verlo sentado con las piernas extendidas, con ese cuerpo esbelto y fuerte expuesto para ella, con esos ojos almendrados que se derramaban sobre ella y la derretían…

No. Mantuvo inmóvil la cabeza. Le pareció fundamental no mirarlo. Tomó la taza de café, la vació y volvió a dejarla en la mesa. Al hacerlo, sus ojos se dirigieron hacia él como si tuvieran voluntad propia; para deleitarse con él como si lo necesitaran para sobrevivir.

A Leo sólo le faltó dar un salto. Lo había conseguido. Ella lo había mirado fijamente. Él tomó su taza de café y le aguantó la mirada con aire impasible. Pudo notar que ella lo miraba con atención y eso lo animó más. Se mantuvo relajado y con el gesto algo menos malhumorado para que ella pudiera observarlo con tranquilidad. Disfrutó un instante de ese momento antes de hablar.

–¿Qué te gustaría hacer ahora, Anna?

Ella miró hacia otro lado y volvió a mostrar un gesto de indiferencia.

–No tengo opinión al respecto –contestó ella mientras fingía beber café.

–Entonces, ¿decido yo? –preguntó él con una delicadeza exagerada.

–Sí, por favor –ella volvió a esbozar su sonrisa más cínica.

Una vez más, Leo la miró a los ojos y tuvo ganas de reírse. Ella era desesperante, pero tenía algo que no le pasaba desapercibido…

Leo se levantó y dejó unos billetes en la mesa. Con incredulidad, vio que Anna abría el bolso y se quedaba parada.

–No tengo moneda local –dijo ella.

Anna echó una ojeada y vio un banco en una esquina. Sin pensárselo dos veces, fue disparada hacia allí. Salió al cabo de unos minutos, volvió y dejó unas monedas en la mesa.

–Recógelas, Anna –le ordenó Leo con una voz grave y amenazadora.

El buen humor había desaparecido completamente.

–Estoy pagando mi café –Anna lo miró fijamente.

–¿Qué pasa? ¿Es algún tipo de broma? –Leo la agarró de la muñeca para detenerla–. Me robaste una pulsera que, como poco, vale ochenta mil euros. No vas a hacerte la honrada sólo por pagar tu ropa y un café –él acercó la cara a ella–. Eres una ladrona. No voy a olvidarlo ni vas a impresionarme.

Anna crispó el gesto. Sus ojos eran dos llamaradas verdes.

–Entiende bien una cosa, Leo Makarios. No intentaría impresionarte ni aunque fuera el último día de mi vida. Me importa un rábano lo que pienses de mí.

Se soltó de un tirón y se marchó. Leo la miró como si quisiera fulminarla y salió detrás de ella. Era insoportable. Ella tendría que estar suplicándole que la tratara bien; tendría que estar utilizando toda su belleza y mañas para cautivarlo y evitar una sentencia muy larga; tendría que estar haciendo cualquier cosa para lograr su atención y aceptación. Como hacían las otras mujeres.

Sin embargo, en la cama era muy distinta y quería todo lo que él le ofrecía.

Leo ensombreció el gesto. Se dio cuenta de que aun en la cama ella aceptaba todo el placer que él le ofrecía, pero nunca tomaba la iniciativa sexual si él no se lo decía. Ella hacía lo que él le pedía y disfrutaba. Sabía que ella disfrutaba acariciándolo, excitándolo y saciándolo, pero nunca lo hacía espontáneamente; nunca lo complacía porque quisiera complacerlo, porque quisiera que él gozara con ella. Como hacían las otras mujeres.

Se acordó de Delia Delatore, su última amante, y de la condesa francesa que había sido la penúltima. Se acordó de todas las mujeres que habían pasado por su cama. Todas ellas habían querido complacerlo. Todas ellas habían sabido lo afortunadas que habían sido por haber sido las elegidas.

Todas menos una: Anna Delane, a quien había mirado con deseo y en cuyo dormitorio se había colado con la esperanza de que lo recibiera como le habían recibido las demás mujeres. Ella, sin embargo, lo había despachado; lo había rechazado, despreciado y regañado. Leo notó que la ira se adueñaba de él. Pensó que ella ya estaba planeando robarle los rubíes. Sin embargo, eso, precisamente, debería haber hecho que quisiera engatusarlo para que confiara en ella. No habría sospechado tan fácilmente de ella si lo hubiera complacido en la cama. Además, la pulsera valdría ochenta mil euros, pero eso era en el mercado libre. Anna Delane nunca habría podido venderlo por esa cantidad. Ella debería haber sabido que como amante, si lo hubiera complacido lo suficiente para quedarse con ella unas semanas, podría haber conseguido joyas regaladas mucho más valiosas que la robada, y con menos riesgo.

Entonces, ¿por qué lo había expulsado de su dormitorio? No tenía sentido.

Leo llegó hasta el coche, donde ella lo esperaba. Parecía una gata encrespada. Él abrió la puerta y ella se montó, se puso el cinturón de seguridad y clavó la mirada en el infinito. Entonces, se preguntó por qué no paraban de discutir. Se lo preguntó sin querer y se corrigió inmediatamente. ¿Por qué no paraba ella de discutir? Aun así, la primera versión seguía dándole vueltas en la cabeza mientras salían de pueblo. Pero ese plural era imposible.

Quizá una buena comida lo aplacara un poco.

Anna miró alrededor. Habían hecho un viaje de unos cuarenta y cinco minutos por el interior de la isla. Ella se había limitado a mirar el paisaje por la ventanilla.

–¿Dónde estamos? –preguntó Anna sin mirar a Leo.

Leo, con sorna, se dijo que era impresionante que ella le hubiera hecho una pregunta.

–Es la casa de una antigua plantación que la han convertido en restaurante.

Leo se inclinó sobre ella para abrir la puerta y pasó por alto que se pusiera rígida y se echara hacia atrás como si quisiera evitar cualquier contacto.

–¿Vamos? –le preguntó él con extrema amabilidad.

Leo retiró la mano y Anna se soltó el cinturón de seguridad y volvió a respirar. Se bajó y notó el calor de mediodía.

–Por aquí –le indicó Leo que estaba al lado de ella.

Ella lo acompañó con un gran esfuerzo por no hacerle caso aunque sintiendo claramente su presencia. Anna se preguntó por qué no podía estar inmunizada a él, por qué no podía ser como un tronco de madera. Suspiró. Era inútil hacerse esas preguntas. Leo Makarios tenía un efecto en ella que no podía pasar por alto. Aunque lo quisiera con toda su alma. ¿Cuánto duraría todo aquello? ¿Cuánto soportaría ella? Lo deseaba y lo odiaba y se odiaba a sí misma por desearlo…

Aturdida, siguió el camino adoquinado que serpenteaba por un jardín tropical. El calor hacía que se sintiera pesada y cansada. Se paró y contuvo un suspiro.

–¿Te pasa algo?

Ella giró la cabeza con sorpresa.

–¿Qué?

–¿Te pasa algo? –repitió Leo con un brillo en los ojos.

–Estoy bien –contestó ella antes de intentar ponerse en marcha.

Una mano la sujetó del codo desnudo. Ella quiso soltarse, pero la mano que la agarraba se lo impidió.

–¿Qué? –repitió ella con un esfuerzo enorme para no mirarlo.

–Anna… escúchame.

Había algo distinto en el tono de su voz. Anna no supo qué era, pero hizo que lo mirara. Él tenía un gesto sombrío que ella no había visto nunca. Lo miró un instante con la perplejidad reflejada en los ojos.

–Deja de… discutir conmigo.

Él lo dijo como si le pesaran las palabras y con una mirada más pesada todavía. Ella notó un nudo en la garganta. Le costó hablar, pero hizo un esfuerzo. Levantó la barbilla y apretó las mandíbulas.

–Dime una cosa. ¿Qué más te da que discuta o no? ¿Qué te importa cualquier cosa que no sea lo que consigues en la cama? –Anna lo dijo desafiantemente.

Una sombra cruzó los ojos de Leo. Fue tan fugaz que ella creyó que se lo había imaginado.

–Porque estoy cansado. Anna, estoy harto, me duele el tobillo, tengo hambre y sólo me has dado quebraderos de cabeza. Me gustaría pasar un día tranquilo, por una vez. ¿De acuerdo? ¿Es mucho pedir? ¿No podemos comer tranquilamente sin que me desdeñes todo el rato?

Anna entrecerró los ojos.

–¿Por qué iba a hacerlo? Dímelo. ¡Ya tienes las noches! ¡El resto del día puedes silbar!

Anna notó que Leo apretaba las mandíbulas y luego las aflojaba lentamente.

–Te propongo un trato especial mientras tenga mal el tobillo. Te daré la noche libre si hoy abandonas esa actitud.

Anna lo miró. ¿Lo decía en serio o estaba burlándose de ella otra vez?

–¿Lo dices en serio?

–Claro. Si hoy te comportas como una mujer normal, podrás dormir en tu cama. Naturalmente… –él puso la mirada burlona que ella estaba esperando–. Si… quieres.

–Claro que quiero –los ojos de ella lanzaron un destello.

Los ojos de él también lanzaron un destello. Anna pensó que fue de ira, pero no estuvo segura.

–¿Trato hecho?

Ella siguió mirándolo y asintió con la cabeza. Al fin y al cabo, tampoco tenía alternativa. Leo Makarios estaba chantajeándola con el sexo y ella tenía que aprovechar cualquier oportunidad de librarse por una noche. Si no lo hacía, tanto él como ella sabrían por qué lo no la aprovechaba y su humillación sería absoluta. La idea era insoportable. Lo peor que podría pasarle era que Leo Makarios supiera lo débil y vulnerable que era ante él. Haría cualquier cosa por evitarlo, incluso comer amigablemente con él.

–Perfecto –Leo le soltó el codo.

Las mesas estaban colocadas en una terraza con unas vistas maravillosas de una bahía. Anna se sentó. El escenario le pareció idílico y sintió una punzada tan profunda que fue como una puñalada. ¿Por qué no podía estar allí con alguien que no fuera Leo Makarios?

Sin embargo, se dio cuenta inmediatamente que eso no era verdad. La puñalada entró unos centímetros más. Lo espantoso no era Leo Makarios sino el motivo por el que estaba allí. Miró la exuberante vegetación y el azul del mar y notó un dolor por dentro que la abrumó. Si él no pensara que era una ladrona ella podría ser… ¿Qué podría ser? ¿Su amante? ¿Su juguete sexual hasta que él se cansara? Efectivamente, eso era a lo más que podía aspirar con Leo Makarios. Era un hombre que consideraba a las mujeres como amantes de las que disfrutaba, a las que mimaba y a las que abandonaba. ¿Acaso no le había oído hablar de Vanessa y su primo Markos? ¿Por qué iba a suponer que Leo opinaría otra cosa de ella aunque no la considerara una ladrona? Tomó el menú que tenía delante.

–Anna… –la voz de Leo tenía un tono de advertencia.

–¿Qué? –preguntó ella con brusquedad.

–Tenemos un trato, ¿te acuerdas?

Él la miró a los ojos por un instante y ella aguantó la mirada con la misma expresión torva de siempre.

–Cede un poco, Anna.

Ella dejó el menú con un golpe.

–¿Cómo? Quieres que me rinda a tus pies, ¿no? ¡Como todas las mujeres! Quieres que te halague, que te complazca…

–No –espetó Leo.

Los ojos de Anna resplandecieron.

–Sí. Eso es lo que te parece normal con una mujer. No soportas a una que no te trate con guantes de terciopelo.

–Eso es una ridiculez –replicó él con contundencia–. Sólo espero que mi pareja sea… –hizo una pausa para buscar la palabra–…amable. Además, ¿por qué no iba a serlo?

Su expresión tenía un aire arrogante que indignó más a Anna, pero se apaciguó con un suspiro sordo. Él era rico e impresionante, no podía extrañarle que las mujeres lo mimaran y lo desearan. Borró eso de su mente. No podía pensar en desear a Leo Makarios, en desearlo tanto que todas las noches su cuerpo se derretía en el de él, que en esa hoguera que la consumía se olvidaba de que estaba en la cama con él por no estar en la cárcel... Aunque también era una cárcel de la que nunca podría escapar; la cárcel de la pasión que la enjaulaba noche tras noche. Excepto esa noche si aceptaba el trato provisional de Leo; si conseguía ser amable con el hombre que estaba rebajándola a tanta degradación. Lo haría. Al menos por una noche se libraría de la cárcel en la que entraba todas las noches.

Anna volvió a mirar el menú sin contestar la arrogante pregunta de Leo. Notaba los ojos de él clavados en ella, como si esperara que ella lanzara otro dardo a su colosal vanidad. Pero él se relajó y ella pudo repasar todos los platos deliciosos que le ofrecían y que ella, como de costumbre, no pensaba pedir. Aunque estaba dispuesta a contentarse con un pescado a la plancha y una ensalada, algo en su interior se rebeló. Se trataba de pasar el día «amigablemente» con Leo y, por lo menos, podría compensarlo de alguna forma. Cuando llegó el camarero, ella cerró el menú y pidió gambas fritas con leche de coco y arroz y añadió que también tomaría vino. Se olvidaría de las calorías. Al fin y al cabo, tenía que celebrar que iba a pasar una noche sin Leo Makarios.

Sin quererlo, lo miró mientras él terminaba de pedir y tomaba la carta de vinos que le daba el sumiller. Miraba la carta con mucha concentración. Notó algo que la dominaba. Esperó que fuera ira, era la emoción más segura cuando se trataba de él.

Sin embargo, no era ira. Era algo muy distinto. Algo que no tenía ninguna intención de sentir. Siguió mirándolo, bebiéndoselo con la mirada. Podría mirarlo todo el día, toda la noche, toda la vida...

Se quedó helada. Intentó olvidarse de lo que había pensado, se obligó a sí misma a seguir mirándolo. El pelo oscuro, los ángulos de su cara, los ojos con esas pestañas larguísimas, la boca carnosa y sensual, la mandíbula firme... todo le resultaba dolorosamente conocido. No había un solo centímetro de su cuerpo que ella no hubiera besado y acariciado. Sin embargo, era la cara de un desconocido. Un desconocido que nunca sería otra cosa.

Por un instante breve pero agónico, se vio sentada entre otras parejas, otras familias que charlaban, comían y bebían en ese sitio maravilloso y en lo más profundo de su ser deseó que Leo y ella fueran una de esas parejas; que no fueran una pareja fruto del chantaje sexual ni que ella fuera su amante, sino mucho más...

Hizo añicos esa imagen en su cabeza. Se había vuelto loca. Endureció el gesto, tomó el vaso de agua y dio un sorbo mientras admiraba la vista. Por el rabillo del ojo vio que Leo pedía el vino. De repente, notó un tirón en la falda, miró y vio a una niña al lado de ella que le enseñaba la muñeca.

–Tengo una pulsera nueva –le dijo a Anna.

Tenía los ojos azules, el pelo rizado y un vestido rosa, como la pulsera, que era de coral pulido.

–Vaya –le dijo Anna con una sonrisa–, es preciosa.

–Mi mamá se la ha comprado a una señora en la playa.

–¡Lucy! –exclamó una voz desde la mesa de al lado–. No molestes a la señora, cariño.

Anna miró hacia la mesa y vio a una mujer de treinta y tantos años que comía con su marido y un niño pequeño.

–No está molestándome –le dijo Anna con tono tranquilizador–. Estoy admirando su preciosa pulsera.

La mujer se rió.

–Se la enseña a todo el mundo

–Claro –Anna sonrió–, es muy bonita –volvió a mirar a la niña–. Es una pulsera muy, muy bonita

La niña asintió con la cabeza y, satisfecha por la respuesta, fue a la mesa de al lado para repetir el ejercicio. Su madre se levantó y se la llevó a su mesa.

–Tu helado llegará enseguida, Lucy.

La madre dirigió una mirada de complicidad hacia Anna. Anna también sonrió, pero se dio cuenta de que la mujer estaba mirando a Leo. No le sorprendió. Casi todas las mujeres del restaurante lo habían mirado, independientemente de la edad o el estado civil. Anna se dijo que no le extrañaba que estuviera tan pagado de sí mismo y se preguntó si les gustaría tanto si supieran que le había amenazado con mandarla a la cárcel si no se acostaba con él.

Tomó el vaso de agua y al hacerlo comprobó que Leo estaba mirándola. Tenía el ceño ligeramente fruncido, como si se hubiera encontrado con algo inesperado. Aquel pequeño incidente con la niña lo había sorprendido. Anna había sonreído cariñosamente a la niña. Él nunca la había visto hacer eso. Era un aspecto de Anna que no conocía y que era impropio de una mujer como ella.

Llegó el camarero con el vino y puso las copas en sus sitios. Leo notó que Anna dio un sorbo casi inmediatamente. Él también dio un sorbo y la observó detenidamente. Era raro verla lejos de la villa, entre otra gente. Los hombres la miraban constantemente, pero ella no se daba cuenta. Naturalmente, era algo que le pasaría todos los días. Aun así, al contrario que las demás mujeres hermosas que él conocía, ella parecía no dar importancia a las miradas de los hombres. Otras mujeres demostraban que las captaban y se sentaban casi pavoneándose. Anna, sencillamente, siguió comiendo.

¿Sería eso lo que le espoleaba? ¿Sería porque ella no hacía caso de los hombres que la miraban? ¿Lo hacía intencionadamente? Seguro que sí. Se acordó de lo que más le llamó la atención en la gala del castillo: que ella era completamente indiferente a su propia belleza.

Mientras la miraba, se preguntó cáusticamente qué dirían todos esos hombres que la miraban si supieran que era una delincuente que se había apoderado de sus pertenencias sin pestañear. Apretó las mandíbulas. Ella parecía tan serenamente indiferente y desdeñosa hacia él… Le entraban ganas de clavarle una aguja y de olvidarse del trato de pasar un día amigable.

–¿No te ha tentado la pulsera de coral? ¿Le robarías a una niña si tuviera algo que quieres?

–Es una pregunta estúpida y ofensiva –contestó ella sin alterarse.

–¿Por qué? Sólo quiero saber si tu inmoralidad tiene límites. Si me robaste a mí, ¿por qué no ibas a robarle a una niña?

Anna lo miró con ganas de matarlo.

–Un delito no es un delito en sí. El delito depende del motivo y del daño que cause a la víctima. ¿Un hombre hambriento puede robar a otro que tiene diez veces más de lo que necesita? Supongamos que lo roba para salvar la vida de su hijo que está muriéndose de hambre.

–Eres bastante moralista –Leo frunció los ojos y levantó la copa de vino–, para ser una ladrona. Ya te pregunté una vez por qué me robaste, Anna…

–Y yo te contesté que no es de tu incumbencia.

Leo notó que volvía a enfurecerse, pero llegó la comida y se distrajo.

–¿Has pedido eso? –le preguntó a Anna al ver el suculento plato.

–Sí –contestó ella–. Es a modo de celebración.

–¿Celebración?

Ella esbozó una sonrisa agridulce.

–Mi noche libre.

A él se le torció el gesto otra vez, pero hizo un esfuerzo para relajarse.

–Me alegro de ver que por una vez comes racionalmente.

Anna lo miró mientras clavaba una gamba gorda y crujiente.

–Ya te he dicho que no tengo elección. Todas las modelos tenemos que estar delgadas para su altura. Es parte de la estúpida mística engañosa de la moda.

–Pareces muy descontenta con tu profesión.

–No me hago muchas ilusiones –Anna se encogió de hombros–, nunca me las he hecho.

–Creía que era un sueño hecho realidad para casi todas las mujeres…

Anna siguió comiendo y disfrutando del placer.

–La industria de la moda trata a las mujeres como si fueran basura. Acuérdate del encantador Embrutti que quería que Jenny se desnudara sin importarle lo que ella quisiera. ¿Crees que es algo raro? Las modelos tenemos que ser muy duras para sobrevivir.

–Eso te encaja como un guante –replicó Leo sarcásticamente–. También me acuerdo de que lo amenazaste con el contrato.

–¡Esa bola de sebo! Ya había trabajado con él y en cuanto me enteré de que Justin El Obsequioso lo había contratado, exigí que en el contrato de las cuatro modelos hubiera una cláusula que impidiera desnudarnos.

–¿Cómo lo has llamado? –Leo dejó el cuchillo y el tenedor.

–¿Debería haberlo llamado Justin El Rudo? –le preguntó ella con franqueza–. Por favor... seguro que sabes que es un adulador.

–Le gusta hacer bien su trabajo.

–Le gusta hacerte la pelota. «Sí, señor Makarios»; «Claro, señor Makarios»; «Lo que usted diga, señor Makarios» –Anna lo miró fijamente–. No me creo que te guste estar rodeado de esa gentuza.

La cara de ella expresaba perplejidad. Leo apretó los labios y siguió comiendo.

–Mis empleados saben qué espero, y consigo, el mayor rendimiento de ellos. A cambio, les pago muy bien. Como te pagué a ti y a las otras modelos por vuestros trabajos.

–Y te aseguro que nos partimos el lomo. ¿Tienes alguna queja de nuestro trabajo? Nos viste en acción.

–No, fuisteis muy profesionales. Incluso con tu amenaza del contrato al fotógrafo. ¿Lo haces muy a menudo?

–Cuando tengo que hacerlo. Lo aprendí por las malas. Cuando estaba empezando, un pervertido de una agencia de publicidad se empeñó en hacerme unas fotos con los pechos al aire. Mi agencia me dijo que lo hiciera. Yo me marché. Me costó el trabajo y muchos más trabajos después. Desde entonces, me aseguro de que todos mis contratos tengan una cláusula de que no hago desnudos.

Leo tenía el ceño fruncido.

–¿Por qué te parece tan importante? Hoy en día, el desnudo es muy normal.

Anna dejó el tenedor y lo miró fijamente.

–Muy bien, desnúdate. Alégrales la vista a toda esta gente. Pon unas fotos tuyas desnudo en una revista. Asegúrate de que la ven todos tus amigos y familiares. Asegúrate de que la ven todos los desconocidos que entran en el metro de Londres.

–¡No seas absurda! Tú estás en el mundo de la moda. Tú…

–Sí, en el mundo de la moda. Poso con ropa, no poso sin ropa. ¿Puedes entender tan sutil diferencia?

Leo la miró con furia. Su agresión era absurda, insolente… justificada. Tomó aire y levantó las manos como si se rindiera.

–Lo entiendo. Pero –siguió él con un gesto de perplejidad sincera– si ser modelo te disgusta tanto, ¿por qué empezaste?

Leo apoyó la espalda en el respaldo de la silla y se llevó la copa de vino a los labios. Anna lo miró y se fijó en la fuerza de sus dedos al tomar la copa y en la sensualidad de su boca al beber. Notó una debilidad que la disolvía por dentro, pero se rehizo con un respingo.

–Bueno, por mucho que me queje es mejor que empaquetar galletas en una fábrica –contestó ella antes de dar un sorbo de vino para reponerse–. Nunca fui buena estudiante y la educación universitaria era impensable.

–A mí no me parece que no seas inteligente –comentó Leo–. ¿Por qué no fuiste buena estudiante?

Lo miró sorprendida. Leo Makarios no parecía un hombre que valorara a las mujeres por su inteligencia. Quizá diera por supuesto que una ladrona tenía que ser un poco inteligente, se dijo con ironía.

–Contestaré por ti –intervino Leo–. No te imagino aceptando la autoridad del profesor.

–Algunos estaban bien –explicó Anna con un gesto expresivo–, pero casi todos… –Anna no terminó la frase–. Pero yo fui la tonta, tendría que haber sido suficientemente lista para que el colegio me sirviera –se encogió de hombros–. En cualquier caso, cuando yo tenía dieciocho años el cazatalentos de una agencia se fijó en mí cuando estaba en un centro comercial del norte de Londres. Así empecé. Mi abuela, me crié con ella, lo detestaba. Creía que me arrastrarían a una cueva de perversión. Naturalmente, tenía razón, pero, afortunadamente, espabilé deprisa. También me endurecí.

El vino estaba abriéndose paso por sus venas acompañado del calor del día y del placer de comer algo que la saciaba. Quizá por eso fuera capaz de hablar de esas cosas con Leo Makarios. Sin duda, era muy raro que estuviera hablando con él.

Leo la observaba.

–¿Eres así de agresiva con tus amantes? –le preguntó él.

Anna paró el tenedor que tenía a medio camino de la boca y lo bajó otra vez.

–No tengo amantes.

Leo la miró fijamente. ¿Ana Delane no tenía amantes? Quiso soltar una carcajada. Una mujer tan hermosa como ella tenía que tener amantes. Los hombres la habrían rondado desde que era una adolescente. ¿Querría decir que elegía ella? A él lo había expulsado de su dormitorio... Siempre volvía a lo mismo, se dijo con rabia. Era una hipócrita. Decía una cosa con la boca mientras su cuerpo hablaba con un idioma completamente distinto.

–¿Qué quieres decir con eso de que no tienes amantes?

La pregunta interrumpió sus propios pensamientos que habían tomado la dirección equivocada en el día que le había dado la noche libre.

–Quiero decir que no tengo amantes, ¿qué tiene de raro?

–¿Por qué? –Leo lo preguntó con incredulidad sincera–. Eres demasiado hermosa para no tener amantes.

Los ojos verdes de Anna echaron chispas.

–¿Quieres decir que tengo una especie de obligación de entregarme en una bandeja sólo porque gusto a los hombres? –el tono fue de desprecio.

–Claro que no. Sólo quiero decir que podrías disfrutar de lo más selecto de mi sexo.

Anna apretó los labios.

–¿Contigo como mejor ejemplo? No, gracias. Creía que el trato era ser amigables el uno con el otro. Deja de buscarme las cosquillas, ¿de acuerdo?¿No sabes hablar del tiempo?

–Muy bien –Leo lo dijo con una expresión en los ojos que ella no supo descifrar–. ¿Qué te gustaría hacer después de comer?

–Tú conoces la isla…

–¿Quieres volver a ir de compras?

–Por favor –Anna puso los ojos en blanco–, ¿qué te pasa? No quiero ni necesito comprar nada más, gracias. En realidad… –se le había ocurrido una cosa–…me gustaría darme un baño para refrescarme. ¿Hay alguna playa cerca? Aunque a lo mejor tú no puedes bañarte con ese tobillo…

–No pasa nada –replicó él desenfadadamente y atónito de que ella le hubiera dicho lo que quería hacer–. Además, sé a qué playa voy a llevarte –le brillaron los ojos–. ¿Sabes hacer surf?

–¿Surf en el Caribe? –le preguntó ella sin salir de su asombro–. Es como una charca plana.

Leo se rió.

–La costa atlántica es otra cosa.

Efectivamente, para sorpresa de Anna, la playa a la que fueron después de comer estaba barrida por olas que llegaban del este. Aparcaron junto a un café que daba justo a la arena y Anna se metió en el cuarto de baño para ponerse uno de los bañadores que se había comprado esa mañana. Al parecer, Leo llevaba el bañador debajo de los pantalones. Cuando ella salió, lo encontró ya en la arena, desnudo de cintura para arriba y con dos tablas que acababa de comprar en una tienda de la playa.

–¡Al agua! –le dijo con una sonrisa mientras le daba una de las tablas.

Acto seguido, se dio la vuelta, salió corriendo y se lanzó al agua en busca de una ola. Anna, con un repentino arrebato de alegría, lo siguió e hizo lo mismo. El agua le pareció fría de entrada, pero enseguida entró en calor. Dio un grito y se encontró sonriendo a Leo.

–¡Cuidado! –le gritó Leo al ver que una ola se acercaba–. Date la vuelta con la tabla en mitad del torso. Espera… ¡Ahora!

Leo cazó la ola que lo arrastró hasta la orilla entre los bañistas y surferos.

Anna tuvo menos suerte y se le escapó la ola. Sin embargo, sí cazó la siguiente y la sensación de encontrarse arrastrada le pareció embriagadora. Lo repitió una y otra vez. Leo le indicaba el momento con una sonrisa. Al final, después de muchas olas, Anna se fue cerca de la orilla y se tumbó sobre la tabla para dejarse mecer por el mar. Leo se acercó a ella.

–¡Estoy cansada!

Leo se puso de pie y le extendió una mano.

–Es el momento de tomar un refresco.

Anna tomó la mano y también se puso de pie. Él la mantuvo agarrada de la mano mientras salían del agua con las tablas debajo del brazo. Hacía calor y agradecieron la sombra del café. Anna se dejó caer en una silla.

–¿Te has divertido? –le preguntó Leo mientras se sentaba.

–¡Ha sido fantástico! –contestó Anna con una sonrisa.

Se miraron a los ojos rebosantes de buen humor y se acercó una camarera.

–Un zumo de fruta grande y frío, por favor –dijo Anna.

–Lo mismo –le pidió Leo.

La camarera sonrió y se alejó con un paso ondulante.

–Los isleños andan con mucha elegancia. Aunque no sean jóvenes ni delgados. Es increíble. No sé cómo lo hacen –comentó Anna.

–Es porque nunca tienen prisa. Hace demasiado calor. Todos están relajados.

–Es gente sabia –Anna esbozó media sonrisa–. Saben lo que es importante en la vida.

–Nosotros desperdiciamos nuestras virtudes en ganar dinero y gastarlo.

Anna lo miró con perplejidad.

–Eso no encaja con un magnate de primer orden –comentó ella con ironía.

–¿Me consideras un magnate de primer orden?

–Es lo que tú te consideras –replicó ella.

Ella esperó que él crispara el gesto, pero vio una expresión rara en sus ojos.

–Es lo que se espera de mí –la miró fijamente–. Tú escapaste de tu entorno, pero yo, no.

–¿Por qué ibas a hacerlo dado tu entorno?

–Me críe entre muchas riquezas materiales, pero poco más.

–¿Un pobre niño rico? –le preguntó ella con cierta sorna.

–¿Estabas muy unida a tu abuela? –le preguntó él sin hacer caso del escepticismo.

–Mucho –ella apartó la mirada un instante–. Ella era todo lo que yo tenía. Mi madre murió cuando yo tenía cinco años y mi padre... bueno ni la asistencia social consiguió encontrarlo. Sólo tenía a mi abuela, aunque es más de lo que tienen muchos niños. No me quejo, pero a veces era...

–Solitario –aventuró Leo con una expresión distinta.

–Sí –reconoció ella.

–A mí me pasó lo mismo –captó la incredulidad de Anna, pero siguió–. Ya, mi casa estaba llena de sirvientes, pero mis padres no se ocupaban de mí. Mi padre era adicto al trabajo y mi madre era la reina de las relaciones sociales. Yo sólo les interesé cuando tuve edad de entrar a trabajar o de pasearme por las reuniones sociales para cautivar a jóvenes con padres económica o políticamente interesantes.

Lo dijo con un tono cínico que fue evidente para Anna, pero ella también captó algo más. Algo que nunca habría asociado con alguien tan satisfecho de sí mismo como Leo Makarios. Era tristeza. Algo la conmovió. No supo qué, pero la turbó. Quiso tomarle la mano y estuvo a punto de hacerlo, pero se contuvo. Leo Makarios no significaba nada para ella. Sólo era un hombre que se aprovechaba de ella todas las noches. Aun así...

La camarera volvió a aparecer con dos vasos llenos de hielo y zumo de naranja. Anna agradeció la interrupción. Dio un sorbo y Leo hizo lo mismo.

–¡Hace mucho calor! –exclamó ella.

Leo tenía los ojos clavados en ella. Anna tenía los brazos levantados, los pechos erguidos por ese movimiento, el pelo suelto y enmarañado, el cuello ladeado... Era la encarnación de la belleza. Sintió una oleada de deseo. Sin embargo, fue algo más. Algo a lo que no pudo poner nombre; algo intenso, poderoso y muy perturbador.

Bruscamente, Leo apartó el vaso y se levantó.

–Vámonos.

–¡Maldita sea! Me ha dado el sol –se quejó Anna mientras se miraba el brazo.

–No te has quemado, no te preocupes. Un ligero bronceado te favorece.

–Mi piel blanca es uno de mis puntos fuertes. Intento no broncearme nunca –Anna se encogió de hombros–. Bueno, ya es tarde.

Lo era, pero, por algún motivo, no consiguió que le importara haber perdido el tono nacarado de su piel. Le parecía banal en comparación con todo lo que estaba pasándole.

–Necesito una ducha, estoy llena de sal –añadió ella.

Leo no apartó la mirada de la carretera ni le propuso dársela con él. Incluso intentó, sin éxito, no imaginársela. Además, comprobó que la imaginación era suficiente para que su cuerpo reaccionara ante la idea. Tendría que haberse vuelto loco para hacer ese trato.

Aun así, se dijo con los ojos entrecerrados, esa tregua era muy placentera. Era delicioso que Anna hubiera abandonado su hostilidad por un rato. Sin embargo, ¿por qué no podía durar todo el tiempo que estuvieran allí? Se le ocurrió sin querer, pero tomó nota.

Había sido una tarde muy agradable. Habían hablado de la isla y ella le había hecho las preguntas normales de una visitante. En cuanto al baño en la playa... Sólo se le ocurría decir que había sido divertido. Se quedó atónito. Un baño divertido en la playa era lo único que nunca se habría imaginado con Anna. Sin embargo, se había divertido casi como un niño. Se sintió cómodo. El silencio de ella en el asiento de al lado ya no le parecía agresivo... sino plácido.

Anna estaba secándose el pelo cuando Leo llamó a la puerta de su dormitorio y entró. Por un instante, la miró de una forma ardiente que ella conocía muy bien. Anna sintió un arrebato abrasador, pero lo reprimió. Era su noche libre. Se la había merecido por pasar una tarde amigablemente con Leo Makarios. Aunque no había sido un sacrificio. Tenía que reconocer, con su sinceridad habitual, que lo había pasado bien. Algo mejor que bien. Había sido... Se negó a encontrar la palabra. La que se le ocurría era más turbadora que la mirada de Leo.

–¿Qué quieres? –le preguntó ella bruscamente.

–Esta noche nos han invitado a cenar a casa del ministro encargado de las inversiones aquí. Ponte algo cómodo pero elegante. ¿Tienes algo?

–Creo que podré apañarme –contestó ella con ironía.

La expresión de Leo cuando la vio bajar las escaleras dejó muy claro que lo había conseguido. El top y la falda de seda rojos eran coloristas, pero el corte suelto era tan elegante como el moño bajo que se había hecho. También llevaba unas sandalias con poco tacón, un collar de oro y una pulsera a juego.

–Estás maravillosa.

Ella le sonrió educadamente, pero con algo de incertidumbre.

Ella había tenido cierto recelo, pero la velada transcurrió bastante bien. El ministro habló con Leo de impuestos e inversiones, pero su mujer dio conversación a Anna y Anna charló amenamente con su anfitriona.

Cuando el coche con chófer los llevaba de vuelta a casa, Leo estaba de muy buen humor. El ministro le había animado con sus promociones inmobiliarias y Anna había encandilado a sus anfitriones con su trato natural y poco afectado. Se acordó de Anna charlando con aquel empresario alemán en el castillo sin importarle que fuera aburrido y bastante mayor. También caía bien al personal de la casa y se dio cuenta de que era amable con todo el mundo. Esa noche, incluso con él.

Anna le preguntó por su promoción en el sur.

–Son unas villas bajas en una zona sin explotar. Al gobierno le preocupa que no se explote demasiado y, además, que no consuman mucha agua. Te llevaré mañana a verlas –concluyó él mientras el coche cruzaba la verja de la villa.

–De acuerdo –aceptó ella.

Entraron en la villa y Anna se acordó de la primera vez que entró, agotada y con un nudo en el estómago por el motivo que la había llevado allí. Le pareció que hacía mucho tiempo de aquello. Leo la acompañaba cojeando.

–¿Qué tal el tobillo? –le preguntó ella.

–Es un fastidio, pero tiene sus compensaciones –Leo la miró a los ojos–. Como que me preguntes por él.

Ella se encogió de hombros algo abochornada de que la hubiera pillado interesándose por él.

–¿Quieres un café? –le preguntó Leo.

–Sí, me encantaría.

Salieron a la terraza y Anna se dejó caer en la tumbona que miraba hacia la piscina tenuemente iluminada. Notaba el vino que había bebido y se sentía relajada y somnolienta. Leo descansaba el tobillo en la otra tumbona.

–¿Cómo te lo hiciste?

Anna se sirvió café y, sin pensarlo, sirvió la otra taza y se la acercó a Leo.

–Me caí de la tabla de windsurf como un novato –contestó él con disgusto.

–No puedo entender que alguien se mantenga en pie en esos trastos –comentó ella.

Leo dio un sorbo de café y giró la cabeza para mirarla.

–Si sabes montar en bici, sabes hacer windsurf. No es difícil, te enseñaré.

Anna se aferró a la taza de café.

–No, gracias. Mi póliza de seguros no me permite hacer deportes peligrosos –ella lo dijo con un tono desenfadado.

–¿Estás asegurada? –Leo pareció sorprendido.

–Contra la pérdida de ingresos por lesiones. Me pareció prudente.

–¿Prudente? –repitió Leo.

A él le parecía que una mujer que no se lo pensaba dos veces antes de robar una pulsera de rubíes era cualquier cosa menos prudente. Frunció el ceño. Ese día le había mostrado un aspecto nuevo de Anna Delane, como si fuera una persona normal y no una delincuente. La miró mientras ella miraba la playa. Habían pasado una noche maravillosa, un día igual de maravilloso y él sabía perfectamente cómo le gustaría rematarlo. Sintió un deseo tan penetrante que tuvo ganas de levantarse, tomarla en brazos y llevarla al dormitorio más cercano. Era una sensación que sentía todas las noches. Sin embargo, algo desconocido se mezclaba con el deseo. Le dio un par de vueltas, pero se dio por vencido. No era furia ni desesperación ni fastidio ni nada de lo que Anna Delane solía despertar en él con su impertinencia. No sabía qué era y por eso dejó de pensar en ello. Sólo le interesaba una cosa.

–¿Has terminado el café? –le preguntó él con cierta aspereza.

Ella se giró hacia él. Leo alargó una mano y la pasó por su brazo desnudo. La piel de Anna estaba suave y caliente. A él se le aceleró el pulso y entrecerró los ojos. El deseo le abrasaba las venas. Sin embargo, la miró y comprobó que la expresión de Anna estaba congelándose.

–Dijiste que tendría la noche libre.

Fue como una bofetada. Él apartó la mano inmediatamente y sintió la furia tan intensa que conocía muy bien. Suspiró profundamente.

–No me dirás que figura en tu contrato.

–Fue un contrato verbal –replicó ella.

–Te has equivocado de profesión –los ojos de Leo lanzaron un destello–. Tendrías que haber sido abogada en vez de ladrona.

–Dijiste que tendría la noche libre –repitió ella obstinada y contundentemente.

Leo volvió a tomar la taza de café.

–Haz lo que quieras –espetó él con mal humor.

Leo dio otro sorbo de café, pero habría preferido que hubiera sido brandy y poder beber para olvidar. Su cuerpo no aceptaba ese rechazo.

–Puedes darte una ducha fría –dijo ella con un tono gélido.

Él la miró con ojos asesinos y luego volvió a mirar el cielo estrellado. Maldecía a Anna Delane y se maldecía a sí mismo por desearla tanto. Dejó la taza y se levantó.

–Te veré en el desayuno –le comunicó antes de alejarse cojeando.

Anna se quedó inmóvil. Le tocaba a ella quedarse mirando el cielo estrellado. Le tocaba maldecirlo y maldecirse a sí misma. Lo peor de todo, le tocaba maldecir al deseo que había despertado en ella y que intentaba reprimir con todas sus fuerzas para no salir corriendo detrás de él.

Capítulo 9

EL director de proyecto le explicaba los distintos tipos de madera que estaban empleando, pero Anna casi no le prestaba atención. La presencia de Leo a su lado la abrumaba. Se sentía abrumada por su mal humor y el de ella.

En vez de disfrutar de una noche sola en su cama, había dormido mal y entrecortadamente. Estaba ojerosa y cansada, pero dominada por una energía tensa. Se sentía abatida. Sabía algo que no quería reconocerse. Se había pasado toda la noche dando vueltas y mirando el techo por culpa de Leo Makarios.

Endureció la mirada bajo las gafas de sol. Tenía que combatirlo. Sólo era una debilidad enfermiza, una locura estúpida, imperdonable y transitoria. ¡Tenía que superarlo!

El director del proyecto había dirigido su atención hacia su jefe. Anna oyó vagamente que Leo le preguntaba algo con brusquedad y un tono muy cortante.

Anna sintió alivio cuando se marcharon de allí, aunque era peor estar sola en el coche con Leo. Él no le dirigió la palabra ni ella a él, pero el silencio tenso la desasosegaba.

Durante media hora recorrieron una carretera que serpenteaba a lo largo de la costa hasta que llegaron a un camino privado que bajaba hacia un hotel de una planta.

–Vamos a comer –le comunicó él antes de bajarse del coche.

Anna lo siguió y entró en el hotel. Le disgustó inmediatamente. Era un hotel pretencioso y dirigido a clientes que exigían alguna novedad. El menú era igual.

–Un ensalada sólo con verdura y sin aliñar, por favor –pidió ella.

–Creía que habías empezado a comer como alguien normal –comentó Leo.

–Los precios son disparatados y el menú pretencioso.

–Está considerado como uno de los mejores hoteles del Caribe –Leo la miró con los ojos entrecerrados.

–La decoración es ostentosa, el personal arrogante y los clientes esnobs –Anna lo miró fijamente–. El sitio de ayer era infinitamente mejor.

–Pues ahora estamos aquí –replicó Leo mientras estudiaba la carta de vinos.

–Yo tomaré agua con gas.

Comieron en silencio casi absoluto. A Anna le pareció imposible que veinticuatro horas antes hubieran tenido una conversación normal. Ella no podía decir dos palabras seguidas y él tampoco parecía muy dispuesto a darle conversación, algo que ella agradeció. Sólo quería volver a la villa y encerrarse en su dormitorio o donde fuera. Estaba cansada de tener que mirar hacia otro lado para no mirar a Leo. Aun así, en lo más profundo de su ser notaba como si una corriente eléctrica estuviera cargando peligrosamente sus nervios. Tenía los músculos en tensión, su cuerpo parecía vivo, pero de una forma desconocida y descontrolada, como si quisiera algo… algo en lo que no podía pensar. Agarró el tenedor con fuerza y puso el cuello rígido para no poder mirar al hombre que tenía enfrente. Un hombre que parecía tan inquieto como ella.

Anna siguió comiendo, aunque la comida le sabía a serrín para ese precio. La corriente eléctrica ganaba intensidad poco a poco y silenciosamente. Peligrosamente.

La comida se hacía interminable. Leo parecía decidido a no ponerle fin y pidió postre y café cuando ella sólo quería largarse de allí y de la compañía de él. La tensión que él transmitía era evidente. Cuando por fin ella había pensado que ya podía levantarse y marcharse, él apartó la taza de café vacía.

–Anna...

Él lo dijo con tirantez. Había estado así toda la mañana, pero esa vez fue peor. Ella apretó las mandíbulas y no dijo nada.

–Mírame.

¿Qué captó ella en su voz para que lo mirara? Para que mirara a aquellos ojos almendrados que estaban clavados en ella. La descarga eléctrica fue directamente a aquellos ojos y le expresó exactamente lo que él quería saber.

–No –dijo ella con un hilo de voz.

Anna se levantó bruscamente y él hizo lo mismo mientras agitaba la mano imperativamente para pedir la factura. Cuando llegó el camarero, Leo ya tenía la tarjeta de crédito en la mano. Le dijo algo mientras le daba la tarjeta, el camarero asintió con la cabeza y se retiró. Anna se mantuvo de pie con la tensión atenazándole cada centímetro de su cuerpo. Cuando el camarero volvió, le dio la tarjeta a Leo y algo más. Ella no vio lo que era ni le importó. Sólo supo que tenía que marcharse inmediatamente.

–Vámonos –dijo Leo.

La voz fue áspera, pero Anna no se impresionó. Siguió a Leo sin decir nada. Él, sin embargo, no se dirigió a la salida del hotel sino a los jardines. Anna lo siguió con sensación de indiferencia. Vio los bungalós entre palmeras y al fondo una playa de arena blanca. Sin darse cuenta, comprobó que había seguido a Leo hasta la puerta de uno de los bungalós. Él abrió la puerta para cederle el paso.

¿Querría cambiarse para darse un baño? Se preguntó Anna mientras entraba. A ella le parecía bien, se relajaría de tanta tensión. Se volvió para decirle que se había dejado al traje de baño en el coche.

Leo estaba mirándola y ella se quedó helada. La miraba fijamente, con una expresión que dejaba muy claro que no necesitaba un traje de baño. Una corriente eléctrica los comunicó y ella notó que el cuerpo le vibraba. Se le alteró el pulso y la respiración mientras se sentía dominada por el anhelo que había intentado reprimir durante toda la mañana. Estaba paralizada. Sólo podía acercarse muy lentamente a él. Ni Leo ni ella dijeron nada. Él permaneció un instante interminable delante de ella, hasta que sus manos acariciaron su pelo y su boca se apoderó de la de ella.

Ella se entregó, con la sangre hirviendo, con un ansia sólo comparable a la de él. Deseaba todo de él; en ese instante. Se estrechó contra Leo, con los pechos duros, y notó la reacción del cuerpo de él. La excitación se apoderó de ella.

–Anna…

La voz de Leo era áspera y entrecortada y él volvió a devorarle la boca. Ella dejó escapar un leve gemido, lo abrazó y sintió la dureza de su cuerpo bajo los dedos. Lo deseaba tan intensamente que creyó que iba a desmayarse. Su cuerpo necesitaba físicamente todo lo que él podía darle durante un día y una noche. Tenía los pezones tensos contra su torso y la sensación le despertó un deseo mayor todavía. Estrechó las caderas contra su virilidad creciente y jadeó mientras respondía a la avidez de su boca. El deseo y la excitación estaban devastándola y exigían que él, Leo Makarios, la saciara con su cuerpo, con ese cuerpo que anhelaba en ese instante.

Leo dejó de acariciarle el pelo y le pasó las manos por los costados hasta tomarle el trasero y estrecharla contra él de forma que podía notar la unión de sus piernas sobre su erección poderosa. Ella, instintivamente, levantó una pierna para acariciar la de él con el muslo y se le levantó la falda.

Leo la llevó hacia la cama, donde podrían saciar ese anhelo físico. Anna tomó aliento. La sangre le hervía por las venas y todo el cuerpo era una hoguera de deseo de él.

El movimiento de una sombra la dejó petrificada. Entre la penumbra pudo distinguir el contorno de dos figuras en el espejo de la pared. Dos figuras entrelazadas, entregadas al apremio de la sexualidad. Fue como un jarro de agua fría. Se apartó sin dejar de mirar el reflejo. Un espanto gélido la atenazó.

¿Qué estaba haciendo? Dio un vacilante paso atrás.

–Anna…

–¡No me toques! –exclamó ella con los ojos en llamas.

–¿Qué demonios…?

Ella dio otro paso atrás.

–He dicho que no me toques.

Se sentía presa de una vergüenza casi pegajosa. ¿Cómo había llegado a aquello? ¿Cómo se había dejado arrastrar a la habitación de un hotel para saciar perentoriamente su avidez sexual? Una habitación que él pagaría por horas y luego, una vez saciados, se irían como si no hubiera pasado nada.

No podía soportarlo. Él se acercó a Anna con la mano extendida. Ella se alejó.

–No me gusta esto –Anna lo dijo con una tensión palpable.

Una sombra cruzó el rostro de Leo.

–Mentirosa… –él lo dijo con un tono grave mientras alargaba una mano–. Anna Delane, eres una mentirosa. Me deseas.

Leo la tomó de la muñeca y la atrajo hacia sí. Ella no podía resistirse. La respiración se le aceleró otra vez y los ojos se le dilataron. Claro que le gustaba aquello. Lo deseaba.

Leo notó que ella se relajaba y que cedía. Notó que se debilitaba, como él la quería. La quería débil por el deseo.

La tomó de la cintura y volvió a abrazarla. El golpe lo tomó por sorpresa y Anna, después de estrellarle el canto de la mano contra el brazo, se zafó de él.

Leo la miró con incredulidad. Ella había adoptado una postura de luchadora de artes marciales.

–He dicho que no.

Estaba sería, pero los ojos lanzaban unos destellos que él no supo o no quiso descifrar.

–¿Qué mosca te ha picado? –le preguntó Leo sin salir de su asombro.

–No quiero acostarme contigo ahora, aquí, en la habitación de un hotel que has conseguido después de sobornar al camarero. Sólo porque tienes ganas…

–Anna. ¿Has fingido tu reacción de hace un momento? Claro que quieres. Lo quieres desde anoche, cuando me rechazaste y luego te arrepentiste, pero fuiste demasiado terca para reconocerlo. Lo has querido durante todo el día, por eso ahora explotas como un volcán. Como has hecho siempre conmigo. No seas hipócrita porque los dos sabemos que deseas todo lo que te doy; todo lo que me das.

Leo dio un paso hacia ella con una intención clara en el rostro. Ella notó que la furia se adueñaba de ella. Tenía que estallar como una tormenta de verano.

–¡No te doy nada en la cama! ¡Tú lo tomas! No voy a rebajarme a darme un revolcón rápido y sórdido contigo.

–¿Sórdido? –los ojos de Leo echaban chispas–. ¿Tengo que recordarte por qué estás en esta isla conmigo? ¡Eres una delincuente!

–Como tú.

–¿Te has vuelto loca?

La incredulidad de él hizo que la furia volviera a adueñarse de ella. Sabía que no podía permitirlo. Sabía que tenía que conservar el dominio de sí misma para sacar partido de su cuerpo como arma y defensa. Era lo que le había enseñado su maestro. Sin embargo, no podía dominar nada. La furia la invadía devastadoramente.

–Estás chantajeándome para que me acueste contigo; me amenazas con la cárcel y eso te convierte en delincuente.

–Te libro de la cárcel y, ¿llamas a eso amenaza? –Leo tenía los ojos duros como acero negro–. ¡No voy a dejar que tergiverses la verdad según tus fantasías! Ya he aguantado todo lo que estoy dispuesto a aguantar de ti. No has mostrado el más mínimo remordimiento o arrepentimiento por lo que hiciste. Gruñes y te niegas a reconocer tu delito. Además, ahora intentas acusarme de ser un delincuente –el rostro de Leo se convirtió en una máscara de domino de sí mismo–. Ponte los zapatos y recoge el bolso. Nos vamos.

Leo fue hasta la puerta, la abrió de par en par y salió. Anna pudo oír sus pasos por el camino. Ella, poco a poco, salió de su aturdimiento y empezó a temblar. Recogió el bolso, se puso las sandalias y salió del bungaló con una sensación de sentimientos disociados.

Volvieron a la villa en un silencio que podía cortarse con un cuchillo.

–Entra –le ordenó él cuando aparcaron delante de la puerta.

Ella se bajó del coche y casi no había llegado a cerrar la puerta cuando él volvió a arrancar y se dirigió hacia la verja entre el polvo de la gravilla.

–¿Es la señorita Delane?

Ella se volvió para ver a un hombre que se acercaba por un lateral. Avanzaba con una firmeza algo amenazante. Anna notó una punzada de desasosiego.

–¿Quién lo pregunta?

Anna miró alrededor. No había nadie, ni el jardinero. Ese hombre era un desconocido.

Un coche salió de entre las sombras. Era negro y con los cristales oscuros.

–Me acompañará –le dijo el hombre.

Anna retrocedió con miedo. ¿Qué estaba pasando? ¿Por qué no había ningún empleado doméstico por allí? Quiso entrar, pero la agarraron del brazo con mucha fuerza.

Ella lanzó un golpe que alcanzó al hombre, pero él se lo devolvió con tal violencia que estuvo a punto de tumbarla. Antes de recobrarse, ya estaban metiéndola en el coche. La tiraron al suelo de modo que casi no podía respirar. Pudo oír voces apremiantes. El coche arrancó. Intentó levantar la cabeza, pero un pie en el cuello se lo impidió.

Leo estaba en las ruinas de un fuerte inglés que miraba al mar. Se notaba invadido por la ira. Era lo único que podía sentir. Era una delincuente hipócrita. Se había atrevido a acusarlo de chantajista y delincuente. Sólo porque la había deseado. Ella lo había deseado tanto como él. ¿Acaso no sabía él cuándo estaba excitada? Sonó su teléfono móvil. Lo sacó impacientemente del bolsillo y contestó.

–Diga.

Se quedó paralizado.

La hoja del cuchillo resplandeció. El hombre que lo sostenía miró a Anna.

–Señorita Delane, yo le aconsejaría que no me ocultara la información que quiero –el hombre giró el cuchillo–. Es muy hermosa y sería una pena estropear tanta belleza –la amenazó en un inglés con acento extranjero–. Medite bien la respuesta. ¿Dónde está su amiga Jennifer Carson?

–No lo sé –contestó ella con un hilo de voz.

El barco se balanceó y siguió su marcha mar adentro. El hombre que la sujetaba hizo un movimiento para recuperar el equilibrio y la agarró con más fuerza de los hombros. Ella sintió dolor y miedo. Tenía miedo en cada célula de su cuerpo. El hombre que la interrogaba tenía unos ojos sin expresión.

–Ya se lo he dicho –insistió Anna con una voz casi inaudible–. Ella volvió a Londres cuando yo me marché de Austria con Leo Makarios. No sé dónde está ahora.

El hombre volvió a mover el cuchillo para que resplandeciera con los rayos del sol.

–Señorita Delane, estoy seguro de que tiene que reconsiderar esa respuesta.

El hombre se acercó a ella y le posó la hoja del cuchillo en la mejilla.

–Lo único que tengo que hacer es girar la hoja y moverla un poco –siguió él.

Anna no podía pensar. Estaba aterrada. El hombre que la sujetaba dijo algo al hombre del cuchillo. Éste, soltó una carcajada y apartó el cuchillo.

–Si le desfiguro, nos pagarán menos por usted, pero hay otras formas de convencerla para que nos diga lo que queremos saber. Es un dolor que no deja marcas…

–Sólo sé lo que les he dicho –susurró ella ciega por el miedo.

Entonces, en medio del aturdimiento por el terror, Anna oyó algo. El ruido de un motor que se acercaba. El hombre con el cuchillo maldijo en su idioma, dijo algo al hombre que la sujetaba y salió a la cubierta de popa del yate. El ruido era de los rotores de un helicóptero. El hombre en cubierta levantó la cabeza para ver de dónde llegaba el ruido. Anna también intentó enfocar los ojos, pero no pudo. El terror la paralizaba.

El hombre de la cubierta gritó algo al hombre que sujetaba a Anna. El ruido del motor de una lancha rápida se unió al del helicóptero.

El hombre del cuchillo se dirigió a Anna.

–No te hagas esperanzas, zorra. Nadie puede tocarnos. Al menos, si te quieren viva –su rostro se deformó con un gesto de odio–. Te pondremos a trabajar en un burdel, que es tu sitio.

El hombre se acercó a ella, agarró el cuello del vestido de Anna, tiró con fuerza y lo rasgó dejándola desnuda. Soltó una carcajada espantosa.

Entonces, se oyeron unas palabras que brotaron de un altavoz. Anna no pudo entenderlas por el miedo.

El hombre del cuchillo volvió a salir a la cubierta, levantó la cabeza y gritó algo al helicóptero que tenía encima. Anna vio que la lancha rápida se cruzaba en el camino de sus raptores. Miró por la ventana y vio a un policía uniformado. También comprobó que la lancha estaba obligándoles a cambiar el rumbo hacia el puerto mientras reducían la marcha. Su barco se paró. El ruido de los rotores aumentó, pero no lo suficiente para acallar la voz que se dirigía hacia ellos desde la lancha que se había a su lado. El hombre del cuchillo gritó algo al hombre que la sujetaba. Éste arrastró a Anna hasta la cubierta. Cuando salió a la luz del día, Anna notó algo duro y frío debajo de la oreja. Era el cañón de una pistola.

Leo se metió en el agua. Estaba fría, pero eso no le disuadió. Se lo propuso en el preciso instante en que el jefe de seguridad de la villa le dijo que tres pistoleros habían retenido a todo el personal de la villa. Les habían amenazado y habían secuestrado a Anna en cuanto él se había ido. La hora que pasó desde entonces fue una pesadilla. La policía se puso en marcha, pero él se negó a quedarse en tierra. Dos miembros de su equipo de seguridad y él se montaron en la lancha más rápida que tenía y salieron en persecución de los raptores. Se había encontrado un coche abandonado en el muelle del pueblo costero más cercano a la casa. Los lugareños dijeron que habían visto a tres hombres que arrastraban a una mujer hasta un yate resplandeciente que, insólitamente, estaba anclado en el puerto de pescadores. El yate había salido a toda velocidad hacia el sur.

Él se quedó de piedra. Esa isla era una de las más seguras del Caribe y el gobierno protegía con todos sus medios a la población y a los turistas. Por eso había reducido al mínimo el personal de seguridad.

¿Con quién se había mezclado Anna? ¿Quién se la

había llevado? ¿Por qué? Los pistoleros eran de Oriente Próximo. Eso fue todo lo que pudieron decirle sus empleados. Sin embargo, el barco que usaron estaba matriculado en un país sudamericano. ¿Se habría metido en un asunto de drogas? Sabía que era una delincuente, pero robar una pulsera era muy distinto a traficar con drogas. ¿Realmente lo era? El submundo de la delincuencia era un espejo deformado del mundo empresarial; se trataba de hacer dinero como fuera. ¿Por qué se habían llevado a Anna? Intentó olvidarse de eso. En ese momento, no tenía importancia. El helicóptero levantaba un oleaje que lo frenaba, pero también lo ocultaba. El barco de la policía había detenido el yate y captaba toda la atención de los pistoleros. Necesitó de toda su fuerza para subir entre los barcos y esconderse en la cubierta de proa. Luego, se movió lentamente. El hombre al timón estaba muy ocupado intentando gobernar el yate entre los remolinos del helicóptero y no oyó a Leo. Leo se subió al tejado de la cabina y se deslizó boca abajo. Los policías en ningún momento dejaron notar que lo habían visto. La voz que salía del megáfono seguía ordenando a los pistoleros que soltaran a la prisionera. También oyó más atenuadamente al jefe de los secuestradores decir al helicóptero que si disparaban, la chica sería la primera en morir. Los tres daban la espalda a Leo, pero él podía ver la pistola debajo de la oreja de Anna. También vio con una furia casi incontenible, que la habían desnudado hasta la cintura. Silenciosamente, saltó a la cubierta de popa.

Anna vio borrosamente la figura que saltaba. Por un instante, sintió auténtico terror, pero entonces, en un rincón de su cerebro, se dio cuenta de quién era. Era Leo. Leo que se abalanzaba sobre el hombre que sujetaba la pistola, lo agarraba del cuello y lo tiraba contra el suelo. Anna gritó y, sin saber cómo, entró en acción. Hizo un giro que desequilibró a su captor, le pasó el pie por detrás del tobillo y él, para evitar la caída, soltó a Anna. Ella se lanzó sobre él y le pateó todo el cuerpo aunque, al estar maniatada, se dio un buen golpe contra el suelo. Entonces, súbitamente y dolorida, se vio en volandas. Antes de revolverse, vio que era Leo que la pasaba por encima de la barandilla a los brazos de uno de los miembros de su equipo de seguridad que esperaba en la lancha rápida. Oyó que Leo gritaba algo y la lancha salió volando.

–¡Leo! –gritó ella inútilmente en medio del rugido del motor.

El helicóptero de la policía estaba justo encima del yate y Anna vio a dos tiradores que apuntaban desde dentro. El pistolero se había levantado con la pistola en la mano. Pese al ruido ensordecedor, Anna oyó los disparos y vio que Leo caía a un lado. Luego, oyó más disparos. Los tiradores de la policía habían abatido al pistolero, que cayó al agua.

–Leo –gimió ella–. Leo…

Él yacía inmóvil y boca abajo. Anna pudo ver manchas de sangre en su camisa. Leo estaba muerto, había muerto por salvarla. El espanto le desgarró las entrañas. Entonces, en medio de ese espanto, oyó la voz de uno de los hombres de Leo.

–¡Me parece que ha movido una mano!

Capítulo 10

ANNA estaba sentada en la sala de espera. Un ventilador giraba lentamente sobre su cabeza. Los brazos y los hombros seguían doliéndole, pero no le importaba. Sólo había una cosa que le importaba: Leo. Miró el reloj. ¿Cuánto tiempo llevaba en la sala de operaciones? No lo sabía. Sólo sabía que nadie le decía algo tranquilizador. Nadie le decía que iba a vivir. Ella no podía dejar de repetirse que había sido por su culpa. Sólo había podido hacer otra cosa desde que el médico le dio el alta: pidió que la dejaran llamar al Reino Unido. Habló con Jenny y le advirtió de que el hombre que la había dejado embarazada quería matarla.

Se abrieron las puertas y salió un médico. Se acercó a Anna mientras se quitaba la mascarilla. Estaba serio. Ella sintió un nudo de fuego en la garganta. El cirujano la miró un instante y luego esbozó una sonrisa cansina.

–Tiene un hombre muy duro ahí dentro. Lo he remendado, pero necesita una recompensa por su heroicidad. Esté cerca de él cuando se recobre. Se merece ver a una mujer guapa cuando se despierte.

Anna rompió a llorar.

Leo estaba muy pálido. Casi ni respiraba, pero el movimiento del vendaje del pecho indicaba que estaba vivo. Ella sintió gratitud y algo más.

Acercó una silla y se sentó junto a él. Leo tenía las manos inertes a los costados del cuerpo. Anna entrelazó los dedos en la que tenía más cerca. Lentamente bajó la mejilla, húmeda por las lágrimas, hasta la mano. No sabía cuánto tiempo tendría que estar así. Las enfermeras entraban de vez en cuando. La noche se acercó y ella seguía agarrándolo de la mano. Llegó el alba y una enfermera entró para comprobar el estado de Leo y para llevarle un café y un sándwich a ella.

–Tiene el pulso más fuerte. Pronto volverá a estar entre nosotros –miró la mano que sujetaba Anna–. No la suelte. Él la nota –le sonrió–. Ahora, tómese el café mientras está caliente y coma algo.

Anna siguió sujetando la mano. ¿Lo notaría él? ¿Notaría que ella estaba allí? Si lo notaba, ¿sería para bien o para mal? Los ojos se le empañaron de lágrimas. Él había ido a rescatarla; se había jugado la vida por ella. Él pensaba que era una ladrona, pero había ido a rescatarla. Después de todo lo que ella le había dicho, había ido a salvarla. Sintió una emoción tan fuerte que la asustó. Tenía la vista nublada, así que lo primero que captó fue el levísimo movimiento de su mano. Derramaba lágrimas, pero consiguió ver que él levantaba los párpados, que miraba sin ver hasta que los ojos se enfocaron y se movieron; hacia ella. Por un instante, fueron unos ojos vacíos. A ella se le hundió el corazón y empezó a retirar los dedos. Él los sujetó y los apretó para retenerlos. Él volvió a cerrar los párpados.

–Anna –dijo él con un susurro casi inaudible.

Leo volvió a quedarse dormido, pero ella pudo notar que sonreía levemente.

Más tarde, un empleado de Leo la llevó a la villa. Todos fueron amabilísimos con ella. Ella quería gritarles que todo había sido culpa suya, pero las doncellas la ducharon, le dieron de comer y la acostaron. No en su cama, sino en la cama de Leo. Ella se durmió abrazada a la almohada, que olía a él y estaba mojada con sus lágrimas.

Cuando Anna volvió al hospital, le dijeron que Leo había recuperado toda la consciencia y luego se había quedo dormido otra vez. Sus signos vitales era buenos.

–Pronto volverá a despertarse –le dijo la enfermera–. Esté cerca cuando lo haga y, por favor, no llore. Él va a recuperarse.

La advertencia fue en vano. Anna lo miró, estaba pálido y con el pecho vendado, y se puso a llorar. Tenía el corazón encogido. Se sentó al lado de él sin dejar de mirarlo y de susurrar su nombre con el corazón rebosante de amor por Leo Makarios.

Leo estaba soñando. Supo que estaba soñando porque Anna estaba llorando y no paraba de repetir que lo sentía. Tenía que ser un sueño. Anna nunca decía «lo siento». Le había robado una pulsera y no lo había sentido; lo había excitado para luego expulsarlo de su dormitorio y no lo había sentido; le había acusado de acosarla sexualmente y de ser un chantajista y no lo había sentido; había dicho que acostarse con él era sórdido y tampoco lo había sentido.

Además, unos psicópatas la habían secuestrado, él había ido a rescatarla y lo habían cosido a balazos. Sin embargo, esa vez, ella estaba diciendo que lo sentía, podía oírla.

Leo abrió los ojos. No era un sueño. Anna Delane

estaba sentada junto a su cama hecha un mar de lágrimas.

–Lo siento, Leo. Lo siento muchísimo.

Ella vio que él había abierto los ojos y se quedó en silencio. Por un instante interminable, Leo vio que a ella le temblaba la boca como si quisiera contener algo. Hasta que volvió a romper a llorar. Leo la miró fijamente. Ella tenía los ojos verdes irritados, las mejillas surcadas por rastros de lágrima y la nariz roja.

Estaba espantosa. Sin embargo, para él, era la visión más maravillosa del mundo.

Leo extendió la mano para tomarle la suya que retorcía un pañuelo sobre el regazo. Él le tiró el pañuelo al suelo y le agarró la mano para llevarla hasta la cama. Le pareció muy pesada, pero también le pareció la cosa más maravillosa del mundo.

Sabía que estaba loco. Era una ladrona, hipócrita, desvergonzada, tozuda y difamadora. Además, tenía peor genio que Atila y podía enfurecerlo más que ninguna otra mujer que hubiera conocido en su vida. Sin embargo, cuando la vio desnuda de cintura para arriba y con una pistola en la cabeza, sintió una cólera para él desconocida. Nadie haría eso a Anna y seguiría vivo. Aunque él acabara como un colador.

–Eres todo un lío, *yineka mou* –dijo él con un hilo de voz.

El llanto de ella subió de intensidad. Él la miró casi sin poder mantener los ojos abiertos. Todos los días se veía algo nuevo. Su maravillosa Anna Delane estaba llorando. Le apretó los dedos. Quiso atraerla hacia sí y abrazarla con tanta fuerza que ella no pudiera volver a escaparse, pero tuvo que conformarse con apretarle los dedos.

Eso hizo que ella llorara más todavía.

–Leo... Lo siento. Todo ha sido culpa mía...

Él esbozó una sonrisa muy leve. Anna Delane por fin se disculpaba. Era una sensación estupenda. En ese momento no venía a cuento, pero era estupenda.

–Fuiste a rescatarme. Me considerabas una ladrona y yo te había dicho unas cosas espantosas, pero fuiste a rescatarme. Me salvaste la vida… y lo siento muchísimo. Estoy muy agradecida y me alegro de que estés vivo.

Leo no podía dejar de mirarla. La insensible Anna Delane estaba hecha un mar de lágrimas por él. Sintió algo increíble.

Decidió que le daban igual los puntos y la atrajo hacia sí. Ella dejó de disculparse inmediatamente.

–¡Leo, las heridas!

Ella intentaba zafarse y levantarse, pero él no iba a permitirlo. Ella no iba a apartarse de él.

–Estate quieta, no voy a soltarte.

–Pero te hago daño.

–Cállate –le ordenó Leo.

Él le tomó la mejilla con la mano y le secó las lágrimas con el pulgar.

–¿Lloras por mí? –le preguntó él con asombro–. ¿Anna Delane está llorando por mí?

–¡Claro que estoy llorando! Te debo la vida y casi te matan por mi culpa. Me siento fatal. Creía que eras un canalla arrogante y malcriado que pensaba que podía disponer de mí porque soy modelo, que sólo quería darse un revolcón conmigo porque pensaba que era una mujer fácil, que te acostabas conmigo porque me chantajeabas porque yo te había hecho creer que soy una ladrona y que a ti no te parecía mal acostarte conmigo por ese motivo. Te odiaba por eso y te odiaba más todavía por conseguir que yo me olvidara de por qué te acostabas conmigo. Me enfurecía que yo deseara a un hombre que me trataba de esa manera y eso hacía que te odiara más y que fuera todo lo desagradable que podía ser contigo. Pero fuiste a rescatarme de esos asesinos a sueldo que me habrían matado y me habrían torturado y que casi te matan a ti. Cuando pensé que estabas muerto… Leo fue… Hizo que todo me pareciera estúpido y sin sentido. No me importó que fueras arrogante y malcriado porque sólo quería que estuvieras vivo. Lo quería con toda mi alma… –Anna se atragantó e hizo una pausa–. Sólo quería que estuvieras vivo –siguió ella con un susurro–. Lo siento mucho, Leo…

Leo la miraba sin parpadear. Había dejado de escuchar sus disculpas porque ya no eran una novedad y eran impropias de ella. Sin embargo, había dicho algo muy típico de ella. Él intentó repasar todo para recordar qué era.

–¿A qué te refieres con arrogante y malcriado? –le preguntó él bruscamente.

Ella dejó de disculparse inmediatamente.

–Lo eres. En el castillo te colaste en mi habitación convencido de que podrías disponer de mí.

–Estuviste invitándome toda la noche.

Ella soltó la mano y se irguió.

–¡No es verdad!

–¿Crees que no sé cuándo una mujer se entusiasma conmigo?

–Bueno, no es muy difícil si tenemos en cuenta que todas lo hacen –replicó ella.

Él cerró los ojos.

–No como tú. Ninguna mujer se ha entusiasmado conmigo como tú, Anna Delane, y ninguna lo hará. Me enfureciste de verdad al negar lo que estaba pasando –Leo volvió a abrir los ojos para mirarla–. Me pareciste una hipócrita. Casi me alegré cuando te pillé con la pulsera. Me puse furioso, pero contento. Me brindó la venganza que necesitaba.

–¡Te dio la oportunidad de chantajearme para que me acostara contigo!

–Bueno, no iba a permitir que acabaras en la cárcel, ¿no? Sobre todo, cuando te deseaba tanto y cuando sabía positivamente que me deseabas. ¡Dijeras lo que dijeras e hicieras lo que hicieras! Efectivamente, me deseaste todas las noches y en todo momento.

Anna se levantó de un salto. ¿Cómo era posible que él la enfadara tan rápidamente?

–¡No me diste ninguna alternativa!

–No –confirmó el con tono satisfecho–. Sin embargo –Leo cambió el tono–, no conseguí encandilarte fuera de la cama. Te resistías –Leo suspiró–. Eres dura de pelar, *yineka mou*, y si tuviera dos dedos de frente, te metería en el primer vuelo a Londres. En clase turista –añadió con tono sombrío–. Pero estaría loco si hubiera dejado que me llenaran de plomo para luego perderte. Sobre todo, cuando por fin he conseguido que seas amable conmigo. Por cierto, hablando de llenarme de plomo –endureció el tono y la mirada, como era tan típico de él–. Necesito saber la verdad sobre la pulsera, Anna. La policía querrá hablar con los dos y si cuando salgo de aquí mi jefe de seguridad no tiene un informe completo sobre tus secuestradores, tendrá que buscarse otro empleo.

Su voz no tenía ni rastro de ironía. Anna abrió la boca y volvió a cerrarla. Le debía la verdad, pero también tenía que proteger a Jenny. Especialmente, en ese momento. Sin embargo, quería decirle la verdad. Él notó que ella se debatía en un dilema y le apretó las tuercas.

–Anna, no voy a presentar cargos por lo de la pulsera; la he recuperado y te he recuperado a ti. Sin embargo, ¿estás metida en alguna actividad delictiva? ¿Tienes algo que ver con gentuza como la que estuvo a punto de matarte? Tengo que saberlo.

La firmeza del tono dejó muy claro a Anna que quería respuestas. Sin embargo, las palabras de él la habían aliviado un poco.

–¿Lo dices de verdad? –la ansiedad del tono sorprendió a Leo–. ¿No vas a presentar cargos por lo de la pulsera?

–De verdad, ¿por qué? –le preguntó él con los ojos entrecerrados.

–¿Lo prometes?

–Acabo de decírtelo...

Anna tomó aliento.

–¡Yo no robé la pulsera!

Leo la miró detenidamente. Si ella no hubiera sabido que decía la verdad, habría sentido un escalofrío de miedo.

–Anna, te pillé con las manos en la masa... –dijo él lenta e implacablemente.

Ella sacudió la cabeza. Después de casi perder la vida, ¿comprendería por qué la había robado Jenny? Ni siquiera ella había pensado que Khalil podría ser tan infame como para mandar a dos pistoleros para que la buscaran. Anna tragó saliva.

–Cuando me pillaste estaba intentando devolver la pulsera, no robándola. Pero la zona estaba llena de gente y tuve que seguir andando. Intentaba pensar qué hacer, dónde dejarla de tal forma que no acusara a...

Anna se calló.

–¿A? –le preguntó Leo con una calma aterradora.

–A Jenny.

Leo la miró inexpresivamente.

–¿Jenny?

–¡La modelo rubia, la flaca! –aclaró Anna con cierta aspereza.

–¿La que parecía una neurótica? ¿Estás diciéndome que ella robó la pulsera?

–Sí. Se la quedó cuando las joyas se cayeron al suelo. Se la metió en el zapato y la recuperó cuando se cambió de ropa. La encontré con ella en su dormitorio e hice que entrara en razón. Le dije que yo la devolvería y que nadie se enteraría. Pero… me pillaste con las manos en la masa.

Anna se quedó en silencio y se mordió el labio.

Leo sintió una oleada de emociones que no podía controlar, pero tenía que controlarlas. El mundo había dado un vuelco en su cabeza.

–¿No robaste la pulsera? ¿Estabas encubriendo a la otra modelo?

Anna asintió con la cabeza.

–¿Y pagaste el pato? –los ojos de Leo soltaron un destello–. Dejaste que te considerara una ladrona…

–¡Tenía que hacerlo! –exclamó Anna–. No podía dejar que culparas a Jenny. Leo, ella ya está metida en un buen lío.

–¿Tiene la costumbre de robar?

Leo parecía más enfadado de lo que ella había pensado que estaría cuando le dijera la verdad.

–¡No! Estaba desesperada, aterrada. Fue algo impulsivo, vio la oportunidad. Leo, necesita dinero para esconderse. Ni siquiera yo sabía cuánto lo necesita. Esos pistoleros no me perseguían a mí, la perseguían a ella. Ellos creían que yo sabría dónde está. Les dije que no lo sabía, pero no me creyeron. Iban a torturarme para que hablara. Si la hubieran encontrado…

Anna se quedó en silencio por el miedo.

–¿Por qué la persiguen? –preguntó Leo con severidad.

Anna tomó aliento.

–Tuvo una aventura con un jeque muy rico. Yo la avisé de que no lo hiciera, pero la muy tonta siguió y ahora él está buscándola. Tiene que esconderse. Ya sé que parece un disparate, pero es verdad. Ella tiene motivos para estar aterrada. Los pistoleros eran asesinos a sueldo.

Él la miraba desde la cama. Tenía los ojos rebosantes de rabia.

–Leo –Anna se mordió el labio–. Por favor, no te enfades. Ella estaba muy asustada…

–No estoy enfadado con Jenny –reconoció él con un tono inexpresivo.

–Si estás enfadado conmigo, lo aceptaré. Te mentí y encubrí la verdad. Lo siento sinceramente, pero tenía que proteger a Jenny.

Leo soltó una perorata en griego con los ojos como ascuas.

–¡Estoy enfadado conmigo! He sido tan estúpido que he dejado que me engañaras y que yo pensara que eras una ladrona. Estaba convencido. Encajaba con todo lo que opinaba de ti. Anna, he sido tan bárbaro contigo que no puedo soportarlo. Todo el tiempo… –sus ojos reflejaban culpa y remordimiento–. Incluso cuando pensaba lo peor de ti, ibas ganándome. Me quería convencer de que sólo era sexo, pero era mucho más… El día que pasamos juntos y fuiste tan encantadora conmigo… me abrió los ojos, pero tú volviste a rechazarme como si no significara nada para ti. Me enfadé mucho contigo porque me llamaste todas esas cosas. Yo sabía que eran verdad, pero no quise enterarme. Entonces, cuando supe que te habían secuestrado…

Leo se quedó en silencio y ella vio el recuerdo del miedo en sus ojos. Entonces, volvieron a brillar con otra luz.

–Maldita seas, Anna Delane, lo que he pasado por ti. Te consideraba levantisca… y lo eres.

–¿Qué quieres decir con levantisca? –le preguntó ella con indignación.

–Eres una auténtica levantisca –insistió él con un brillo muy especial en los ojos–. Lo supe desde que te vi parándole los pies a ese majadero de Embrutti. Luego te resististe a ponerte todos los malditos diamantes Levantsky a la vez y te dio igual que fueran diamantes Levantsky y para rematarlo, te hiciste la virtuosa en el último momento y me expulsaste de tu dormitorio como si yo fuera un animal en celo. ¿Eso no es ser levantisca?

–¿Me llamas levantisca porque me defiendo? ¡Qué típico! Dije que eres arrogante y malcriado, pero me quedé corta. Eres el más…

Leo nunca supo qué era porque la agarró de la mano, la atrajo hacia sí y la besó. Se hizo un silencio bastante largo.

–Una vez al mes –Leo le tomó las mejillas entre las manos y la miró a los ojos–, un viernes, durante una hora, *yineka mou*, te permito que me grites todo tipo de insultos. Durante el resto del tiempo… –el rozó los labios con los suyos– ronronearás conmigo, Ana Delane, porque soy el único hombre que puede hacer que ronronees y lo haces muy bien. Ronronearás en la cama y fuera de ella y serás muy feliz, como yo –añadió él.

Ella intentó soltarse, pero él no la dejó. Anna no insistió, podría hacerle daño en las heridas. Heridas que se había hecho por salvarla.

Se quedó en sus brazos. Era un buen sitio donde estar.

–¿Lo ves? –Leo le acarició el pelo–. Ya estás haciéndolo, *yineka mou*, estás ronroneando en mis brazos.

–¿Qué quiere decir *yineka mou*? –le preguntó ella con los ojos entrecerrados–. ¿Quiere decir levantisca en griego?

–Quiere decir «mi mujer» y tú eres mi mujer. Durante el resto de nuestras vidas, me cuidarás, me mimarás y harás todo lo posible por complacerme... ¡Ay! –Leo la miró ofendido–. Oye... me han cosido a balazos por ti y, además, no he terminado –la miró a los ojos color esmeralda–. Durante el resto de nuestras vidas, yo te cuidaré, te mantendré a salvo de pistoleros, te mimaré y te compraré todo lo que quiera comprarte, como joyas, te invitaré a café, haré todo lo posible por complacerte y...

Leo se calló y la miró con seriedad.

–¿Por qué te hace llorar esa perspectiva?

Era muy difícil explicárselo a un hombre que hacía preguntas estúpidas y Anna siguió llorando. Leo la abrazó con más fuerza.

–Estás mojándome las vendas...

Llamaron a la puerta y se abrió. El médico se quedó parado sin entrar. Anna se irguió con los ojos irritados y la cara congestionada.

–Mmm... le dije que usted tenía que ver una cara bonita cuando volviera en sí –le explicó el médico a Leo mientras sacudía la cabeza.

–Ya –confirmó Leo–. Está espantosa, ¿verdad? Afortunadamente, la amo y ella me ama, así que da igual –Leo miró a Anna–. Me amas, ¿verdad? –le preguntó él despreocupadamente.

–¡Sí! –exclamó ella antes de echarse a llorar otra vez.

Epílogo

QUÉ te parecería que hiciéramos la boda aquí, en la isla? –le preguntó Leo mientras paseaban descalzos por la playa.

Llevaba una semana fuera del hospital y ya estaba recuperándose plenamente. Anna daba las gracias en todo momento por ello. Lo amaba con toda su alma; lo mimaba y se deshacía en atenciones con él. Para ella era un milagro diario que él le hubiera perdonado que casi lo mataran, que le hubiera mentido sobre el robo de la pulsera y que hubiera negado estúpidamente que se derretía si él la rozaba. Él se sentía fatal por haberla tratado de esa manera cuando pensó que era una ladrona, de una manera tan distinta a como la trataba en ese momento, que la mimaba como si fuera de porcelana.

Sin embargo, cuando mencionó la boda, ella se paró y lo miró fijamente.

–¿Boda? –le preguntó ella.

–Es la forma normal de casarse –replicó él.

–¿Casarse? –Anna tragó saliva–. Yo… no sabía que pensaras casarte conmigo.

–¿Tienes algún inconveniente? –le preguntó él con un levísimo tono de inquietud.

–Leo –ella tenía una expresión de preocupación–, sé lo que piensas de las mujeres que quieren casarse con hombres ricos. Crees que son cazafortunas que quieren atraparlos.

–¡No pienso eso de ti! Ninguna cazafortunas se lo hace pasar tan mal a un hombre como me lo has hecho pasar a mí –Leo sacudió la cabeza al recordarlo–. ¿Algún otro inconveniente?

–Leo –ella seguía teniendo un gesto de preocupación–, procedemos de mundos distintos. Yo me críe en un suburbio y tú…

–Vaya, ahora me consideras un esnob, ¿no? –Leo suspiró–. Anna, mi familia dejó Turquía en 1920 con las manos vacías. Vivieron muchos años en las chabolas de Atenas. La fortuna Makarios la hicieron mi abuelo y mi padre, somos nuevos ricos.

–¡Pero muy ricos! –exclamó ella–. Y cada vez más.

Él soltó una carcajada.

–Anna, eres la única mujer que conozco a la que eso le preocupa –le pasó el brazo por los hombros–. Si te preocupa que pase el día en la oficina obsesionado por ganar más dinero, estás muy equivocada. Ya tengo más que suficiente para el resto de mi vida y para la de mis hijos y los hijos de mis hijos. Quiero disfrutar con mis hijos, nuestros hijos, como mis padres no disfrutaron conmigo. No voy a desperdiciar un segundo más en ganar dinero y gastarlo. Tengo dos agujeros en el pecho que me recuerdan que la vida no es eterna.

Anna se abrazó a él.

–Leo, lo siento…

–No puedo creerme que alguna vez quisiera que me pidieras perdón –replicó él mientras le tapaba la boca con la mano–. ¡Es lo más aburrido del mundo!

Ella se sonrojó y le apartó la mano.

–Pero yo tengo la culpa de que…

Leo la besó en la boca.

–No vas a parar nunca, ¿verdad? –le preguntó él.

–No –contestó ella antes de besarlo fugazmente–.

Leo, sigo creyendo que no deberías casarte conmigo. Podríamos limitarnos a… ya sabes…

–¿Vivir en pecado? –le preguntó él con un tono cáustico.

–Sí. Verás… Nada de esto debería haber pasado, ¿no? Tú sólo querías pasar un par de noches conmigo, pero ocurrió lo de los malditos rubíes. Luego vino toda la pesadilla de los pistoleros y todo eso. Si no, todo habría terminado hace siglos. Creo que todavía estamos bajo los efectos del shock postraumático, sobre todo tú, que estás un poco sensiblero y piensas en bodas y cosas así. Si esperas un par de semanas, estoy segura de que volverás a ser normal.

Leo había dado un paso atrás con un gesto de indignación.

–Ya he aguantado todo lo que estoy dispuesto a aguantarte, Anna Delane. Sólo me has creado problemas desde que me fijé en ti, pero esto ya es demasiado. Te plantas, me miras a los ojos y me dices que me he vuelto loco por querer casarme contigo. ¡Es el colmo! ¡Te quiero! ¿No lo entiendes? Efectivamente, fui un imbécil al pensar que sólo quería sexo, pero ya he caído en la cuenta. Tuvieron que pegarme dos tiros para que me diera cuenta, pero ya lo he hecho. Como tú. Ahora los dos sabemos que se trata de amor, no de sexo. De ahora en adelante, los dos nos amaremos para siempre. ¿Ves ese sol? Resplandece desde dentro de mí y sé perfectamente que también resplandece desde dentro de ti. No quiero oír ni una palabra más de esto –Leo resopló–. ¿Entendido?

–Sí, pero yo…

Él la besó en la boca.

–Deja de discutir –le pidió Leo.

–Pero yo…

–Basta –Leo volvió a besarla.

Cuando se separaron al cabo de mucho tiempo, ella lo miró y pensó que tenía razón. El sol realmente resplandecía dentro de él. Era irritante, pero era verdad. Él entendió la expresión de ella y la miró a los ojos.

–A mí me pasa lo mismo, Anna –le dijo delicadamente.

Ella siguió mirándolo con adoración. Leo hizo lo mismo porque no podría hacer otra cosa durante toda su vida.

–No te muevas.

–No podría aunque quisiera.

–Perfecto.

Leo retrocedió para ver su obra.

–Las dos últimas.

Leo metió la mano en el cuenco casi vacío y sacó dos pendientes de zafiros. Los colocó simétricamente y volvió a dar un paso atrás para mirarla.

–Perfecto –repitió mientras agarraba la cámara.

–¿Estás seguro? No quiero que se vea nada que no debería.

–Tienes mi palabra.

–Bueno, entonces, ¡termina de una vez!

Leo la miró con gesto de disgusto.

–No tienes corazón, ¿verdad?

–Me duele la espalda, me pica la rodilla y notó un cosquilleo en la nariz. Si estornudo, el cuarto va a llenarse de joyas voladoras.

–Ni se te ocurra, *kyria* Makarios –Leo empezó a hacer fotos.

–¡Tengo que haberme vuelto loca! –exclamó la flamante esposa de Leo.

–Sólo has perdido la cabeza –replicó el flamante marido de Anna–. Muy bien, querida, ponte sexy.

–Déjame en paz –gruñó Anna.

–Bueno, malhumorada, no importa.

–Eres un pervertido por sacarme fotos así.

–Es una sesión única, mi amor. Dame ese gusto. Nunca volverás a dejarme, ¿verdad?

–Puedes estar seguro.

–Si pudieras verte, lo entenderías. Estás increíble.

Leo la miró tumbada en la cama, desnuda y cubierta de joyas.

–Eclipsas a todas las joyas.

–Sólo son cristales, Leo.

–Y tú sólo eres una mujer, pero eres mi mujer, la más preciosa del mundo.

Leo le sacó la última foto, dejó la cámara y se acercó a ella.

–¿Sabes lo mejor de todo, mi adorada novia en su noche de bodas? Esto.

Leo levantó un anillo de diamantes del ombligo y lo metió en el cuenco de cristal.

–Esto –Leo le quitó el collar de zafiros que Anna tenía en el brazo–. Esto –le quitó una diadema de diamantes que le rodeaba el pecho izquierdo.

Tardó mucho tiempo en quitarle todas las joyas. Hasta que sólo le quedó un collar de diamantes colgándole del cuello.

–Eso se queda –dijo Leo.

Leo se inclinó y la besó sin prisa.

–¿No quieres que me ponga todas la joyas? –le preguntó ella con tono burlón.

–Sería una vulgaridad –contestó Leo con el ceño fruncido.

–Leo Makarios, eres el más…

–Lo sé –Leo esbozó una sonrisa de satisfacción insoportable y le besó un pecho–. El hombre más irresistible que has conocido.

Anna le rodeó el cuello con los brazos y lo atrajo hacia sí.

–¡Lo eres! ¡Maldita sea!

* * * * *

Podrás conocer la historia de Markos en el Bianca del próximo mes titulado:

RIQUEZA Y PLACER

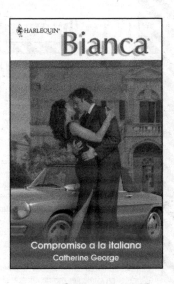